As escadas de Angélica

Catalogação na Publicação (CIP)

Cotta, João Lisboa
C846 As escadas de Angélica / João Lisboa Cotta.
- Belo Horizonte : Quixote+Do Editoras Associadas, 2020.
276 p.
ISBN 978-85-66256-66-6
1. Contos brasileiros. I. Título.
CDD: B869.3

Bibliotecária responsável: Fernanda Gomes de Souza CRB-6/2472

Revisão Rachel Kopit
Supervisão Alencar Fráguas Perdigão
Coordenação editorial Luciana Fonseca Tanure de Castro
Assistência editorial Sofia Rossi
Capa, projeto gráfico e diagramação Caroline Gischewski
Foto de capa 贝莉儿 DANIST
Comunicação e marketing Claudia Brandão, Sandra Nascimento
Comercial Cláudia Masini Tonioni
Tecnologia de informação Alessandro Guerra

QUIXOTE+DO EDITORAS ASSOCIADAS

WWW.QUIXOTE-DO.COM.BR

As escadas de Angélica

João Lisboa Cotta

Quixote + Do
EDITORAS ASSOCIADAS

Sumário

9 Prólogo
11 Sob a sombra do querer
27 O brilho muito além
35 À beira do abismo
43 No lugar de sempre
51 O mistério da estátua
59 O dever e o desejo de Piatã
65 A despedida triunfal
77 A casa dos espelhos
85 A intromissão
97 As escadas de Angélica
105 O enigma do templo
117 Além do portão
125 Perdidos no tempo
133 Em um café de Milão

141 O mundo despido de olhar
149 O herege
161 Apreensão
171 A sentença do espelho
177 O último verão
185 O olhar de Esmeralda
191 A cobiçada viagem impossível
199 A encantadora Layla
207 A infestação
211 O homem sem sombra
225 A melodia inacabada
231 O segredo de Alphonso Maia
237 O fenômeno quase inexplicável
243 O ouro da desonra
249 O último ato

255 O desvio
259 Os cartões que magnetizam
263 O sentenciador
267 Um crepúsculo
271 A interferência

Prólogo

Escrever o prefácio de um trabalho literário é algo difícil; defini-lo não é tarefa prazerosa; cabe ao leitor essa incumbência. No entanto, tecer esclarecimentos sobre as influências, as situações e os motivos pelos quais eles foram elaborados, é um pouco mais ameno.

Um escritor só transcende, *quando deixa* o terreno fácil e sedutor de construir um enredo sem o compromisso com a crítica do seu tempo, ou no momento em que imerge nos temas universais que sempre nos inquietaram. É seu dever, então, *apontar* as fissuras e as virtudes da sociedade da qual participa, assim como *abordar e tentar compreender* nossas eternas indagações, apreensões e fontes de prazer. Desse modo, um bom conto não deve servir só ao entretenimento; há de ser uma ponte para o pensamento.

Meus textos são um amálgama; são incursões pelos meandros da fantasia, da realidade, pelas inúmeras páginas percorridas ao longo da minha vida. Muitos fragmentos dessas histórias me visitaram em sonhos, outros foram engendrados pela observação ou distorção de determinados fatos que presenciei.

Sendo a prosa filha da poesia, costumam aparecer nos textos algumas aliterações e rimas, uma vez que aflora em mim, ocasionalmente, o atavismo dos aedos de outrora.

Tenho plena ciência que escrever é recriar; *é como edificar um mundo novo sobre ruínas,* como sói acontecer com as civilizações que se sucedem. Uma dimensão mágica que encanta quem se dedica a esse ofício. E neste livro, com certeza, não é diferente; há um pouco de tudo que vi, li e experimentei.

Por fim, muitos destes contos já são do conhecimento de alguns, pois foram premiados em concursos literários.

04.08.18

Sob a sombra do querer

Feliz daquele que se satisfaz quando espelhos projetam sua imagem ao infinito.

Os pormenores perdem-se com o tempo, mas o mais provável é que tudo ocorrera por volta de 2430. João Pedro Fortes, um brilhante cientista brasileiro, que trabalhava na universidade mais setentrional do planeta, coletava dados intermemórias para a pesquisa a que se devotava há décadas; entretanto algo de anormal acontecia com seu *chip* neural, que compartilhava o banco de dados da memória coletiva dos colaboradores envolvidos nessa investigação. Não conseguia desarquivar certos detalhes de crucial importância para transpor a etapa à qual dedicara boa parte dos últimos anos. Seus pares, no entanto, informam-lhe que nada há de errado, e aconselham-no a relaxar, uma vez que o cansaço desencadeia descargas neurais anômalas, as quais atrapalham o pleno funcionamento do implante neural. Assim, acata a sugestão dos colegas e dirige-se para sua fazenda ao pé de uma gélida colina, não muito distante de um pequeno vulcão. Tendo a tundra e um céu sempre cinzento como companhia, que nada lembravam o país no qual crescera, volta ao encontro do seu estimado *hobby*: a vitivinicultura. Em compridas estufas, cultivava a difícil cepa Nebbiolo; seus vinhos, apesar de artesanais, lembravam bastante os do Piemonte; quando alguém reportava essa correlação, J. P. Fortes sorria como uma criança. Após algumas semanas nesse estimado refúgio, que de fato o descansara, Fortes não sentiu diferença no que vinha acontecendo: mantinha a mesma dificuldade em acessar a memória coletiva; algo de estranho ocorria em sua mente. Nesse lugar silente e isolado, ele pressente que, talvez, alguém estivesse tentando invadir seus mais bem guardados pensamentos, nos quais estavam depositadas suas não compartidas descobertas.

Nesse período da humanidade no qual se desenrolaram os fatos que narro, a população encolhera enormemente em relação aos séculos anteriores; o Estado supria quase todas as necessidades dos habitantes. Assim, com mínimas dificuldades, os questionamentos sobre o mistério que nos envolve e a transcendência passaram a ser irrelevantes. Então, o que seria inadmissível em outros tempos, agora, uma esmagadora parcela do mundo só se preocupava com o momento, em divertir-se; um hedonismo irrefreável. Coisas insólitas, também, aconteciam: as pessoas já não metamorfoseavam o corpo com tatuagens, apliques ou penduricalhos, vistos como bizarrices de antanho, pois o que se sucedia era algo muito mais profundo. Clínicas, sem a chancela da autoridade disciplinadora, para as quais os governantes faziam vista grossa, transformavam os humanos de modo radical: olhos com o formato dos gatos, cóccix que ganhava vida e voltava a ser uma cauda, cabelos que nasciam azuis... em uma confluência difícil de se descrever, que gerava uma profusão inenarrável de aberrações. Mas essas atitudes excêntricas, que cresceram de forma substancial, não transcorriam sem danos. Começava a desmantelar o tecido social, uma vez que as pessoas, como nunca, queriam, tão somente, satisfazer suas necessidades mais obscuras. A porção da sociedade que trabalhava duro e alicerçava a máquina estatal, um pequeno fragmento, ainda resistia; entretanto o peso sob seus ombros se tornara insuportável. Um desses indivíduos, era o geneticista J. P. Fortes; diferente de muitos dos seus pares, ele não capitulara ao milionário mercado que atendia a esses casuísmos, às demandas hedônicas; Fortes trabalhava em um projeto de irrefutável valia: a longevidade extrema; a quase eternidade. Apaixonado pela teoria da relatividade geral de Einstein, que até aquele momento permanecia como um dogma, desejava driblar o tempo. Era um propósito enevoado, distante, ofuscado pela realidade que degenerava. Fortes idealizava descobrir uma nova matriz biológica, que fosse incorruptível ao tempo; um achado que mudaria a trajetória da humanidade. Todavia, essa conjectura o incomodava; não poderia estender a suposta descoberta a todos; deveria ser seleta. Afinal, qual a finalidade de se eternizar indivíduos sem o menor comprometimento com a sociedade?

Dias antes de retornar a suas atividades na universidade, João Pedro recebe a visita, inesperada, do andaluz Suárez, um geneticista da Comunidade Latina Europeia. Após as formalidades de praxe, nas quais não faltaram comentários sobre as dificuldades que enfrentavam, o andaluz, que já bebera do vinho do colega, pede para conhecer as videiras tão comentadas.

Ao percorrer a grande e bem cuidada estufa, na qual elas vicejavam, Suárez vê, na extremidade, duas oliveiras bem desenvolvidas. Sem disfarçar a surpresa, comenta:

— Que curioso, cultivar oliveiras nesta latitude; deve ser mais difícil que lidar com a Nebbiolo, oriunda de uma região mais fria.

— De fato é, mas fico com ciúme quando vou à sua terra e as vejo prolongarem-se sobre as colinas, a perder de vista.

Suárez prossegue o diálogo:

— Espero que não esteja assustado com minha súbita vinda. Incumbiram-me de averiguar o que acontece com você, pois anda esquivo. Suas pesquisas e as prováveis descobertas, tão alardeadas no mundo científico, não nos chegam.

João Pedro, após um rápido olhar inquiridor, responde com certa hesitação:

— Estou sentindo-me um pouco estranho; meus colegas da universidade até me sugeriram este descanso. Parece que alguém está invadindo minha mente...

—Nós, neófitos *cyborgs,* continua Suárez, não nos acostumamos com estes implantes de *nanochips,* que interagem com uma gama de situações.

Fortes pressente, pelas sutis oscilações no tom da voz e pela indisfarçada perfídia no brilho do olhar do seu interlocutor, algo de ambíguo; essas percepções intrigam-no.

Suárez, por fim, tece um comentário que soou como uma advertência:

— Nossa irmandade, você sabe, preocupa-se muito com seus membros...

Na noite que antecedeu sua volta ao trabalho, João Pedro sonha que o tempo mostrara-lhe o seu arcano poder; passa à sua frente desde o mais remoto passado e todas as civilizações anteriores, até o mais improvável futuro, no qual ele pôde espreitar os confins do universo e os umbrais da eternidade. Ao acordar, ele intui que o sonho era um presságio de algo bom que estava prestes a acontecer; que o seu objetivo já o tocava. Impelido por essas enigmáticas revelações, volta com particular devoção ao que tanto almejava. Em sua mente, só havia espaço para os pensamentos que tentavam compreender a complexidade da vida; esse quebra-cabeça misterioso que admite mudanças em seus componentes; alterações que não só poderia melhorá-la, mas, indo muito mais além, modificá-la de modo, até então, inimaginável. E quando mais mergulhava nesse labirinto que prometia uma saída, nesse mistério cuja razão desconhecemos, João Pedro, contudo, sentia aflorar uma inquietação que soube torturá-lo: receia estar invadindo uma ordem cósmica, à qual não lhe fora outorgado o direito de mudá-la. No entanto, a indesviável propensão pelo desejo sopra mais forte.

Não muito depois, em um final de tarde, sem menos esperar, João Pedro recebe uma mensagem da geneticista Irina Ivanov, uma amiga de longa data, convidando-o a encontrá-la em Vladivostok. Esse aceno acende a curiosidade do brasileiro, uma vez que a mensagem viera em um código secreto e singular, que os dois haviam desenvolvido, na ocasião do doutorado, no tempo em que tiveram um afetuoso relacionamento. Ela o aguardava para o almoço. João Pedro fez de tudo para chegar no momento combinado, todavia o congestionamento aéreo não permitiu que seu voo supersônico o levasse a tempo. Vladivostok, desde essa ocasião, tornara-se a cidade mais importante da costa do Pacífico; empresas de alta tecnologia elegeram-na como o lugar ideal para instalarem-se. Assim, mesmo com o atraso, conseguiu vê-la no meio da tarde; ela o esperava em uma charmosa cafeteria, uma das arraigadas tradições dessa invulgar cidade litorânea. Irina, apesar dos anos, ainda conservava seus belos traços eslavos, contudo, naquele instante, algo os deixava um pouco apagados; detalhe que não passou despercebido aos olhos de Fortes.

Irina foi a primeira a falar:

— Vejo que não se esqueceu do nosso velho segredo.

— E haveria como? - Disse Fortes. Sempre fico feliz quando a encontro, mas, hoje, confesso, um pouco apreensivo, pois você, de muito, já não me comunica com o nosso antigo código.

— Realmente, querido, no entanto vivemos num mundo onde não há mais privacidade; afortunados são os que possuem um meio de escapar, pelo menos ocasionalmente, dessa velada prisão na qual nos encontramos. As coisas andam confusas; tenho que o colocar a par.

— De fato; Suárez, recentemente, esteve na minha fazenda com uma conversa meio evasiva...

Lá fora, o vento soprava forte e agitava o mar. Pela grande janela envidraçada da cafeteria, João Pedro viu as pontes quase encobertas pela névoa. Igualmente, não lhe passou despercebido alguns transeuntes que circulavam pelo passeio com o corpo deformado pela corrompida ciência.

Todavia, em meio a essas apreciações, ele notou o quanto a metrópole era limpa e silenciosa. Após escolherem o pedido em um cardápio holograma projetado sobre a mesa, Irina retoma a palavra:

— Você está distante, querido; suas conexões cerebrais não estão claras como antes; responde, geralmente, com subterfúgios. O que há?

— Nada, Irina, sempre desconfiada... Acho que estou envolvido demais com a vinicultura... com a universidade.

— Será? Penso que ainda o conheço... Nossos membros estão notando essa mudança. Seria melhor, creio, expor suas razões; você sabe bem as normas... Corre a notícia, de que está prestes a descobrir o gene capaz de alterar o funcionamento do genoma, tornando-o com a capacidade operacional de reparar todas as células do corpo indefinidamente. Procede?

— Não posso negar-lhe que sou um entusiasta pela longevidade, entretanto, é do seu conhecimento que pesquiso sobre o encurtamento dos telômeros e sua relação com as mutações no DNA.

— Bem sei, disse Irina, é o que foi determinado pela nossa irmandade. Mas não há nada além?

— Você não acha, Irina, que já é muito barrar o encurtamento dos telômeros ao longo das incontáveis divisões celulares?

— Evidentemente, sei o quão é complexo. O que cabe a mim neste projeto, mitocôndrias e alterações bioenergéticas associadas ao envelhecimento, está consumindo-me... Há momentos que fico pensando nessa loucura que nos envolvemos: prolongar a vida excessivamente. Valerá a pena? Hoje sabemos que, de certo modo, não morremos, uma vez que a informação quântica dentro dos microtúbulos de memória não é destruída; dissipa-se pelo universo...

João Pedro sorve, lentamente, o quente café e diz:

— Irina, não vou esconder, sou apaixonado por esse planeta; pela vida que tenho aqui. Se pudesse, viveria uma eternidade.

Após proferir essa frase, ele segura uma das mãos da geneticista e revela:

— Irina, faz alguns meses que venho tendo o pressentimento de que alguém tenta ocupar, de uma maneira muito sutil, o banco de dados da memória coletiva, o que me põe em dificuldades no instante em que necessito usá-lo.

— Caro Fortes, isso não deve ser negligenciado. Amanhã, se permitir, levarei você a um grande amigo, o bioengenheiro Andrei Smirnov. Ele fará uma avaliação criteriosa dos seus *nanochips*.

Comeram pão de mel e conversaram amenidades; essa iguaria russa, que João Pedro adorava, fê-la lembrar dos bons momentos que um dia compartiram.

Ao deixarem a cafeteria, saíram no autocompacto de Irina, feito de tilânio, uma liga de titânio e alumínio, movido a quantias insignificantes de água e energia solar. Nas grandes avenidas, havia poucos veículos, visto que a locomoção urbana dá-se, de modo preferencial, pelas bem distribuídas linhas dos confortáveis metrôs.

Na manhã seguinte, o sol não aparecera; o vento fustigava as árvores que mal transpareciam sob a densa bruma. Esse dia triste e frio, apesar de já estar acostumado com climas inóspitos, despertou no geneticista uma nostalgia; a infância no campo, época em que corria descalço e sem camisa no seu país ensolarado. Todavia, essa saudosa recordação foi toldada pelas apreensões, que se ampliavam; em breve seria submetido ao exame do bioengenheiro. Portanto, cedo se dirigiram ao local combinado; foram recebidos de forma calorosa por Andrei Smirnov. João Pedro elogiou a beleza aliada à funcionalidade do edifício, todo revestido de células fotoelétricas capazes de absorver mínimas quantidades de luz, no qual sediava-se a empresa. Ao ser convocado a entrar na sala do procedimento, Fortes sentiu seu coração acelerar, no entanto, a excelência da tecnologia ali existente roubou sua atenção. Além da companhia de Andrei, aguardava-o um médico neurofisiologista, que examinaria as neuroestruturas responsáveis pela memória. Muitas e minuciosas foram as análises por eles executadas, as quais, ao fim de quase duas horas, deram subsídio ao preciso diagnóstico proferido por Andrei:

— Caro doutor For..., como se pronuncia? Fortes, creio que seja o correto. Após cautelosa análise dos seus *nanochips* e avançados exames de neuroimagem funcional, sem sombra de dúvidas, suas queixas são compatíveis com tentativas de invasão da memória individual e não da coletiva, como pensava. É um meio de interceptação, por via quântica, muito sagaz, pois tenta dar a impressão de invadir a memória coletiva, mas, na verdade, usa um atalho engenhoso para penetrar na sua memória particular, que reside em seus neurônios. Apesar de espúria, não a invalida de ser uma ideia genial.

De lá, João Pedro foi direto para a aeroestação; Irina o acompanha. Durante o percurso, Fortes comenta com sua amiga que suspeita de Suárez; ela acha plausível, uma vez que nunca o julgou confiável. De mais a mais, após um beijo, a geneticista pede a Fortes para chegar um pouco antes da data predeterminada pela irmandade, a Belgrado.

Apesar de varar a madrugada trabalhando no seu laboratório, as semanas subsequentes foram um pouco tensas para João Pedro Fortes. De novo, solicitou a quem era subordinado, na universidade, ausentar-se por alguns dias, alegando que, como os sintomas teimavam em não ceder, iria procurar auxílio de um especialista.

Desembarca com antecedência em Belgrado; aguarda Irina na aeroestação. Foi breve a pausa no hotel; a capital sérvia do Império Eslavo do Sul esperava-os. Passearam pelas belas ruas; revisitaram o museu dedicado ao gênio Nicola Tesla; jantaram nos elegantes restaurantes; beberam rakija, o drink local, um destilado de ameixa que adoravam. A cidade evoca o tempo em que faziam o doutorado, foram amantes e se filiaram na irmandade. Esse clima nostálgico só foi quebrado à meia-noite e meia de um sábado, em um palácio renascentista, sede de um importante banco, não distante do *Templo de São Sava*. Discretamente, os convidados chegaram por várias passagens secretas, que davam acesso ao magnífico edifício. Iniciava-se a reunião anual da *Irmandade Fênix*.

No salão nobre, palco do evento, revestido de fino mármore e com rebuscados adornos dourados, todos estavam a postos. No teto, havia um afresco representando a ave mitológica grega, incendiando-se e renascendo das cinzas. O silêncio era sepulcral; o líder, um dos homens mais ricos do planeta, foi o último a entrar. Sentava-se na cabeceira de uma enorme mesa, em um ponto estratégico no qual a luz pouco incidia, de maneira que os presentes não pudessem avaliar suas expressões faciais. Na conferência, proferida pelo líder, era visível o tom de preleção. Vou reportar somente os fragmentos mais relevantes que vazaram desse discurso:

— Nossa irmandade, que os lábios não devem conhecer, só os pensamentos, visa resgatar o homem em direção ao sublime, desviando-o dessa noite de trevas na qual se perdeu. Nosso objetivo, nunca é demais repetir, é criar uma legião de indivíduos de aparência austera e pura, com capacidade cognitiva ampliada e vida alongada, para redirecionar a humanidade ao verdadeiro caminho do qual ela se desviou. Assim, à medida que dominarmos o mundo, livraremos os humanos da degeneração. Também, não podemos nos olvidar, que este projeto, secreto e abrangente, não admite erros, nem perfídias. Todos são muito bem pagos e foram alocados nas melhores instituições pela interveniência da nossa organização. Nós temos, é bom que saibam, um inviolável gerenciador de dados, criado por um de nossos destacados integrantes que emite, em moto-contínuo, incontáveis senhas criptografadas de forma infinita, sendo então indecifrável, salvo a mim e ao seu idealizador, que vasculha as intenções não nobres dos nossos membros.

O líder faz uma longa pausa; depois continua:

— O fluir da noite encanta-me... Estamos, de há muito, no encalço de um de vocês; que nos sabota, bem sei, por vaidade e dinheiro. Portanto, deve pagar pela sua desfaçatez.

Imediatamente, ante olhares de assombro, dois guarda-costas retiram Suárez à força; João Pedro vê sua suspeita materializar-se. O andaluz desaparece sem deixar vestígios.

Por sua vez, mesmo sentindo-se estarrecidos pelo que presenciaram na noite anterior, João Pedro e Irina decidem permanecer um pouco mais em Belgrado. Com o Danúbio por cenário, tiveram momentos de amor como se se despedissem. Ela pede ao brasileiro para acautelar-se; pressente que não mais o verá.

Nos meses seguintes, Fortes dá seguimento à pesquisa com afinco. Para que sua investigação acontecesse sem percalços, lança mão, em sigilo, de um nanorobô, desenvolvido em parceria com um físico amigo, que impedia que os impulsos provenientes da memória coletiva dos colegas de trabalho tivessem acesso aos pensamentos que pertenciam à sua privacidade, confidenciais. Desde então, pôde dedicar-se com quietude ao que tanto procurava, e que estava a um passo de alcançar. Por conseguinte, depois de muito empenho e maestria, em uma curta noite de verão setentrional, comemora consigo sua sonhada vitória, que iniciara, na juventude, quando decidiu abraçar a genética. Seus cabelos já estavam um pouco encanecidos, e acabara de completar cinquenta e cinco anos. Sem demora, no mais completo silêncio, implanta em seu DNA dois genes, que sempre a humanidade almejou e fariam os alquimistas enlouquecer: um que o protegia dos extremos de temperatura, pressão e radiação, proveniente dos minúsculos tardígrados, ursos-d'água, e outro que lhe proporcionava a quase eternidade, oriundo das oliveiras. Uma nova era cósmica poderia ter iniciado para os homens, contudo não comunica a descoberta à universidade, nem à irmandade. A única pessoa que lhe veio à cabeça foi Irina; poderia ceder-lhe, cogitou, um futuro impensável, mas o receio de uma negativa o intimida. Afasta-

-se de suas atividades e recolhe-se à fazenda. Uma prazerosa energia começa a circular em suas veias; uma sensação de onipotência apodera-se de seu espírito. Não sabe como proceder nesse novo estado, entretanto regozija-se. Com o correr dos dias, porém, passa a receber mensagens que lhe cobravam explicações para esse repentino sumiço. Suspeitas são levantadas sobre ele; não falta quem acredite que possa ser detentor de algo muito inovador. A Irmandade Fênix, insatisfeita após saber dessa conduta intempestiva, põe-se a espreitá-lo.

Não foram necessárias muitas semanas para João Pedro enxergar, por outro ângulo, o que poderia sobrevir. Assim, a partir de então, essa façanha ímpar deixa de ser motivo de orgulho e torna-se um imenso pesadelo para sua consciência, uma vez que, se a confessasse à irmandade, poucos seriam beneficiados; uma minoria de homens com enorme supremacia subjugaria, com mão pesada, a humanidade. Todavia, se contasse, às ocultas, a descoberta ao mundo acadêmico, mais cedo ou mais tarde, chegaria aos ouvidos dos membros da irmandade, e sua sorte não seria diferente da de Suárez. Portanto, apesar do vigor físico que apresentava, o qual nem a angústia e a insônia eram capazes de abalar, ficara desnorteado. Não vê mais prazer em cuidar de suas videiras; recebe mensagens de Irina, mas, com pesar, não as responde. Só lhe resta fugir, pensa. Para tanto, depois de muito considerar, consegue desligar, por telemetria, os *nanochips* da memória coletiva; adultera o *chip* de rastreamento implantado no antebraço, para o país em que residia não o localizar. Sem um plano de fuga bem estruturado, embarca para o Brasil; lá poderia ter mais chance de ocultar-se.

Desce em Boa Vista; sem demora, parte para o território Autônomo dos Ianomâmis, no qual não havia permissão para nenhum monitoramento. Penetra na selva pelo flanco sul, em direção à Serra do Imeri, onde situa-se o Pico da Neblina. Conforme adentra, tem aquele sentimento insólito de não saber o que está fazendo; percebe que havia se desacostumado do calor e da umidade dos trópicos. Sente-se um estrangeiro, porém era a solução que conseguira estabelecer por ora; chegaria o momento, fica a pensar, em que, com as ideias mais concatenadas, decidiria a melhor conduta a seguir. Fixa-se próximo a um rio cristalino, em uma barraca que trouxera consigo; poupa os alimentos que carregava; aprende a sobreviver da diversidade oferecida pela pródiga floresta. A despeito do clima quente infestado de insetos, da dieta frugal e da rusticidade do recanto, não lhe faltava vitalidade; efetivamente, seu corpo transformara-se.

Por sua vez, os dias avolumavam-se. Procura inteirar-se do ambiente, das plantas, dos animais com que agora convivia. Passa a contemplar as auroras, os ocasos; descobre, surpreendido, que em cada um deles há variações mínimas, mas encantadoras, que nunca havia notado. Mesmo sendo um renomado cientista, gostava de estar próximo à natureza, todavia, o curto tempo que sobrava era reservado apenas às videiras. No entanto, volta e meia, sentia saudades do trabalho, dos amigos, das uvas, de Irina... Por que não se casaram... era o que ela mais desejara... Fora egoísta, conclui; colocara seus projetos pessoais acima de tudo. Arrepende-se, amargamente, de ter se envolvido com uma organização criminosa. E, depois de muito conjecturar, certifica-se de que não havia mais retorno; ali deverá ser o seu lugar. Era preferível sua provação, do que arrastar para o Calvário toda a humanidade. Quanto ao passado, o melhor que tinha a fazer era esquecê-lo.

O contato com os nativos deu-se na outra estação, uma vez que acampara numa remota região do território. Esse primeiro contato aconteceu de modo pouco amistoso; muitos ainda vestiam-se com os trajes de outrora. Por sorte, havia um que falava português; nessa época, queriam esquecer os anos de dominação, e o idioma da nação preponderava. Levaram-no para a aldeia mais próxima, embora distasse alguns quilômetros. Interrogaram-no. João Pedro conta uma história pouco persuasiva do motivo do isolamento na mata; uma desventura pela qual passara. Os índios mais velhos dirigem-se para debaixo de uma enorme Samaúma; por consenso, resolvem deixá-lo ficar, sob estrita observação; intuem que o estranho possuía sabedoria.

Em poucos meses, já se comunicava bem no idioma ianomâmi. Mostrava-se útil nos cuidados dos enfermos no pequeno hospital regional da aldeia, uma vez que o geneticista era médico, por formação, e no aprendizado da medicina tradicional indígena com um pajé. Convidam-no a instalar-se na maloca; oferecem-lhe uma noiva. Todavia, o que mais desperta a atenção do povo, em relação a Fortes, é o seu vigor físico: inacreditavelmente resistente às mais distintas atividades e circunstâncias. Mais de um par de anos depois, sem apresentar o menor sinal de envelhecimento, domina a pajelança e o conhecimento transmitido pelas divindades da floresta; cessam as perguntas sobre quem fora; consideram-no um xamã. Não lhe interessam as notícias do mundo no qual vivera; a única lembrança que, eventualmente, ainda o ligava ao passado, era a da saudosa Irina, contudo, anuviada pelas decisões que julgara apropriadas. *E desrespeitando a mais elementar das leis que nos governam,* décadas passaram-se, gerações foram substituídas, a floresta renovada, sem que o tempo desbotasse sua fisionomia, nem enevoasse seus olhos; os músculos não fanaram, ao contrário, ganharam contornos dos de um atleta. Agora, já não era um xamã; tornara-se uma divindade, por fim um deus, um avatar. Acolhe a reclusão que a selva concedera-lhe, pois a sociedade na qual, um dia, fora um notável, virara pó. Passa a fazer parte da floresta; os animais veneram-no. Assim, estava refém dele mesmo, perdido para sempre nesse labirinto, moldado paulatinamente, e não admitia deixá-lo. Era a sua eternidade, sua liberdade, intransponível. *Compreende o sentido da existência e o porquê da renovação.*

Em uma manhã radiante, na qual os rumores da floresta reiteravam sua grandeza, João Pedro, incólume, foi visto nu, caminhando, em passos lentos, em direção à magnífica queda-d'água Salto Angel; eventualmente, parava, abria os braços e inspirava as múltiplas fragrâncias. A partir de então, desaparece na densa vegetação.

05.07.18

O brilho muito além

Nesse mundo, poucas coisas revestem-se de mais poder do que a surpresa.

Durou pouco mais de trinta dias o clímax de algo devastador por que passamos, e após relutar por muitos anos, uma vez que essas lembranças sempre me causaram muita inquietação, resolvi narrá-las. São recordações surreais, tangem o inverossímil, mas um dia aconteceram; servem para que nunca esqueçamos de nos acautelar. Por certo, jamais imaginei que meu continente e em especial o meu país fosse palco de fatos tão apocalípticos; cenas que custo a crer que vivenciei. Assim, talvez o que conte não seja a verdadeira medida da realidade, pois, pelo peso das circunstâncias, minha mente pode ter sofreado a exata cor dessa tragédia. Vou ater-me, o quanto possível, ao que estava à minha volta, que já foi muito.

Desde a metade do século passado, o planeta foi dando evidentes sinais de mudanças, mais visíveis em nosso país nas últimas duas décadas que antecederam os terríveis acontecimentos, alterações essas que não foram percebidas e valorizadas, com a devida atenção, pelos mandatários de sucessivos governos. Como sói acontecer em nações nas quais o desenvolvimento não desembarcou de modo pleno, nossos governantes estavam mais preocupados com as intrigas palacianas e em camuflar seus desvios e condutas. Desse modo, não sobrava tempo para atentar para o futuro drama que, desde o início, mostrava, sem nenhum recato, sinais de ser desolador. Havia anos que as chuvas, de maneira sistemática, iam mitigando; as nascentes e os rios secando. Embora nós nunca tivéssemos estações definidas, com o desencadear das coisas, elas praticamente deixaram de existir. Mesmo com o descaso dos próceres, não faltaram cientistas que vaticinavam uma calamidade por vir; todavia, as pessoas deram de ombros, viraram as faces para o alerta e continuaram procedendo de forma prosaica, centradas nas atitudes comezinhas, sem dar ouvidos aos poucos que advertiam; sem se dar conta do flagelo iminente.

É nas situações de exceções que mais ficam expostas as propensões dos homens. Por conseguinte, é oportuno comentar que, na média, os humanos são muito imprudentes ante avisos que sinalizam mudanças em suas rotinas; chegam a ser incrédulos diante de advertências sérias e extremamente crédulos frente a inúmeras parvoíces. Assim, relutam em acreditar que algo pior possa advir e, com isso, deixam de tomar atitudes que amenizariam um infortúnio. Quando acordam para a realidade, há pouco o que fazer. Sem nenhum retoque, foi o que aconteceu com nossa nação, e se não fosse pela Providência do destino, teria sucumbido. Foi uma seca sem precedentes, para a qual não havia consolo, conquanto ela já viesse, lentamente, assolando de muito. Não era como os períodos de seca circunscritos às regiões dos retirantes, os quais fugiam para procurar abrigo e trabalho. Agora, não havia para onde ir. Afora a falta de chuvas, o primeiro sinal de que alguma coisa anormal estava por vir era o canto inclemente das cigarras. Durante quase dois anos, seus zunidos foram ouvidos de forma ininterrupta, dia e noite. Aos poucos, à medida que a seca avançava, criava-se um ambiente tão distinto, que parecia que o passado evolava-se. As árvores secas, a vegetação a morrer, os cursos d'água expondo a nudeza em pedras, o calor abrasante, a agonia dos animais, tudo causava um tamanho estranhamento, que tive a sensação de viver em um lugar muito distinto e distante, tal a impressão que me provocava. É interessante comentar que o sol espalhava um brilho muito além, uma luz dourada, metálica, que nos pigmentava. Então, nessa ebulição sem antecedentes, as pessoas migravam em direção às bacias dos grandes rios, agora depauperados, transformados em arroios. Nesse percurso, muitos faleciam e seus corpos eram deixados e devorados pelas aves de rapina. Os que alcançavam os rios disputavam, entre contendas e altercações, os filetes de água insalubre com sabor pútrido. Os muito abastados, entretanto, rumavam para algum país no qual essa estranha resposta da natureza era menos evidente; com o agravar do drama, ou impunham severas restrições, ou fechavam suas fronteiras. E, em meio a toda essa desgraça, é estarrecedor saber que houve políticos que surrupiaram os parcos recursos destinados a coibir esse infortúnio; solapavam a esperança de muitos.

Os dias transcorriam sem o menor vislumbre de chuva; sem receber esperanças do porvir e mergulhados na total incerteza. O objetivo de todos era vencer cada ocaso, cada hora, cada minuto. A escassez de alimentos era a regra; nós os adquiríamos por preços abusivos, e havia até quem os trocasse por joias, visto que, nessas ocasiões, o ouro e as pedras preciosas deixam de ter valor ante a possibilidade do fim. *Como é lamentável certificar que a ambição de alguns só se apaga quando cerram os olhos!* Nessa altura, os sistemas de refrigeração não mais funcionavam; vivíamos em um dilema. Se fechássemos as janelas, o calor era insuportável; se as abríssemos, uma miríade de insetos asquerosos invadia os ambientes; revoavam pelas casas, causando nojo e pavor. Nas ruas, aos poucos quase desertas, vapores cintilantes tremulavam, executando estranhas figuras com as nuanças da luz solar. O clima irrefreável e calcinante levava a uma desidratação crescente na população e induzia alterações fisiológicas no corpo que degenerava a razão: comportavam-se como animais perdidos e desorientados à procura da mais básica necessidade de sobrevivência, sob o encalço de miragens de toda a ordem, que deixava a situação ainda mais fora de controle. Como se vê, a loucura invade os cérebros das pessoas, que caminhavam trôpegas, com olhares mortiços, como se fossem espectros.

Não há ninguém sob o imensurável céu que não se curve diante da adversidade; o orgulho, a soberba se desfazem como um castelo de areia e expõem as feridas e os deslizes da alma; as imperfeições do ser. Não era à toa que muitos arrastavam-se até as igrejas a rezar. Não faltaram sacerdotes e pastores que perfilavam uma enorme lista de pecados cometidos pelos homens, os quais provocaram a ira de Deus. Eles profetizavam que o fim estava próximo, em decorrência do hedonismo exasperado e pelo impudor de abraçarmos uma sociedade edificada sobre os pilares do excesso e da falta de decoro. Mesmo premido pelo medo, pela possibilidade de também morrer, nunca cheguei a pensar de modo tão dramático, em um final dos tempos, mas tão somente em uma grande expiação. Entretanto, nos momentos mais difíceis, acreditei que haveria uma conspiração sobrenatural imposta para nos punir, uma vez que uma expressiva parte da humanidade adotara ou tolerava a desfaçatez, além de agir com descaso em relação à vida e aos recursos naturais deste mundo. Como essa intempérie viera de modo organizado e paulatino, parecia que tudo fora orquestrado premeditadamente.

Diante de tanta angústia, não posso omitir, pensei em deixar a região e até o próprio país, porém a família e a estimada propriedade rural, nas nossas mãos desde meu tataravô, que teimava em nos fornecer água onde quase não mais havia, pesaram para que ficasse e conhecesse o âmago dessa tragédia. Foi uma decisão em que os sentimentos deram as cartas, uma vez que vivia longe do mar. As tentativas emergenciais de dessalinizar a água não nos atingiram; os políticos demoraram para acordar de seus interesses. E, no entanto, a calamidade grassava, trazendo consigo uma paz sinistra, na qual quase se extinguiram os saques de antes, pois, os que sobreviviam deslocavam-se ao léu como folhas secas do outono: face encovada pela sede e pela fome; o olhar vítreo e assustador de quem já teme um desfecho desfavorável. A desesperança pairava indistintamente sobre todos.

Foram semanas longas de seca morte; de gente enterrada em valas comuns. Quem ainda tinha alguma água conservava essa preciosidade às escondidas e a bebia a conta-gotas. Baratas passeavam sobre os corpos inertes que eram encontrados nas vias e nas estradas. De maneira que, no período mais dramático dessa seca, eu já estava refugiado na fazenda dos antepassados em companhia da minha mulher, de uma filha e de uma irmã, pois, se alguém se aventurasse a percorrer qualquer trecho de posse da mínima quantidade de provimentos, corria o risco de ser interceptado de forma cruel. Com o avançar dessa tragédia, pessoas estranhas e esquálidas, *enviadas pelo delírio da sede,* invadiram a minha nascente e o entorno, a qual se situava num bosque, que agonizava como nós. O seu filete valente de água, que resistia a tudo, poupou a morte de muitos. Sem como detê-los, acabamos por ficar sitiados no centenário casarão, encimado em um belo rochedo e com fundo para um escarpado, quase sem do que se manter, ouvindo, ao longe, a ira e a agonia dos que teimavam em viver. No entanto, não nos faltavam só provisões, mas também tranquilidade, uma vez que não tardou para que a casa começasse a ser invadida. Felizmente, tínhamos um recurso, uma escapadela, o velho porão, que, no passado, fora o depósito de objetos de valor e que naquela época eu o fazia de adega. Apenas o acessávamos por um alçapão, que ficava debaixo de um pesado tapete persa, no canto do quarto que outrora pertencera ao meu tataravô. Lá nos escondemos. Era um lugar úmido e empoeirado, no qual havia uma pequena janela que dava para o desfiladeiro, e pela qual se avistava um vale chamuscado pelo calor. Se passássemos desapercebidos e se a morte nos poupasse, estaríamos seguros.

Não sei, ao certo, quantos crepúsculos ali ficamos confinados sob os passos indecisos de estranhos, que, não encontrando nada para beber e comer, abandonavam desnorteados o velho casarão. Nesse abrigo apertado e mal iluminado, contávamos, tão somente, com nacos de queijo curado e as minhas preciosas garrafas de vinho, muitas das quais repousavam à espera do momento ideal de ser abertas. Não nos restava, então, outra alternativa senão bebê-las: grandes *Bordeaux,* elegantes *Borgonhas,* gastronômicos *Chianti*... Nunca supus que esperasse desses néctares calorias e um meio de hidratar-me, logo eles que sempre me deram os mais delicados aromas. O que importa é que o vinho conteve o padecimento e me deixava em uma agradável lassidão; lassidão carregada de esperança. Sob a custódia dessa bebida, que suavizava nossa dor, acabei por meditar sobre a existência nesse exílio; sobre a natureza do homem que se deforma quando submetida ao fogo das provações. Compreendi que vivemos cercados de insignificâncias, que tudo está seguro por uma linha; só pode dizer que conhece a vida aquele que realmente experimenta, na pele, a adversidade. Todavia, o tempo passava muito devagar no porão; estávamos exauridos, à deriva, à mercê da vontade do destino. Minha irmã tinha instantes de desespero, nos quais chorava e debatia-se; tínhamos de contê-la para não despertar a atenção de algum desconhecido que, porventura, estivesse alojado no nível de cima; um gole de vinho e palavras de consolo acalmavam-na. Intuímos, portanto, que dormir era melhor; economizava energia e aliviava o tormento. *Meus sonhos eram tumultuados, embora menos assustadores do que a realidade à nossa volta.* Nesses momentos oníricos, que desafiavam essa fatalidade, sentia uma paz inoculada de resignação. Porém, em uma determinada manhã, diferente das demais, o dia custou a surgir; encheu-nos de apreensão e expectativa. Havia uma pressão na atmosfera; o sol não conseguia atravessar pesadas nuvens cinzentas. Um vento frio irrompia pela estreita e entrecerrada janela; trazia o cheiro de terra molhada e da carne em decomposição. Percebi que aquela agonia estava por terminar. Não demorou a desabar um temporal. Choramos abraçados.

Os físicos não souberam explicar essa catástrofe; se houve uma alteração fugaz no eixo ou na órbita da terra, ocasionada por interferência de alguma energia ou matéria interestelar, ou se devido a outro fenômeno não reconhecido, desencadeado pela nossa excessiva intromissão no planeta. Hoje, entrado em anos, avalio com mais rigor todo esse flagelo. A seca física, de motivos imponderáveis, desenvolveu-se em uníssono, *pari passu,* com a seca moral, uma vez que estávamos sob a égide de um populista falaz que virou as costas para o drama da nação e arrastou o povo para essa tragédia sem precedentes. As instituições e a justiça estavam corrompidas pela imiscuição dos comparsas. Assim, apesar da dimensão desse infortúnio, o dano poderia ter sido minimizado. Até hoje, não conseguimos nos soerguer desse pesadelo, mesmo envolvidos pela pátina do tempo, a ele ainda estamos atados.

01.05.16

À beira do abismo

Nunca devemos acreditar na imobilidade dos fatos;
a surpresa, muitas vezes, se oculta ao lado.

Desde o último solstício de inverno, a situação tornara-se insustentável para o isolado e pacífico povo puma, o qual habitava uma planície delimitada, no levante, por uma imensa montanha em cujo cume alojava-se um vulcão, no qual vivia o deus da criação, e no poente, numa geografia que se assemelhava a um degrau de escada, por um insondável abismo, sempre encoberto por cerrado nevoeiro, que, segundo a tradição, eram as trevas; um local incobiçável, a morada dos maus espíritos.

O deus do vulcão, Vhul, reacendendo uma arcaica profecia que vaticinava o fim do mundo pelo fogo, acordara do profundo sono dos séculos; numa ira irrefreável, a cada dia, rugia e expelia nuvens cinéreas. O medo roubou a paz das pessoas; só tinham olhos para a montanha. O paraíso que outrora receberam começava a se esfumar; o sol já não brilhava como antes.

O soberano, Hakan, com a aquiescência de vários anciões respeitáveis, relutava em admitir o vaticínio, acatado pelo Xamã como uma verdade ineludível, pois julgava estar diante de presságio alarmista e inconsistente. O velho Xamã, Unay, de acordo com estes homens proeminentes, já delirava, pela idade e pelo consumo abusivo de beberagens alucinógenas. Mesmo assim, o feiticeiro, inabalável em suas convicções, insistia nas admoestações.

Não tardou para que o deus Vhul ficasse mais arreliento, uma vez que começara a expulsar nuvens mais densas e a jorrar lava, apesar de, ainda nessa fase, em pequena quantidade. A esperança arrefecia. Unay intuiu uma hecatombe iminente; novamente, advertiu o dignitário. O Xamã, ao tirar partido da intempérie, que atemorizava, cada vez mais, a população, passou a merecer, como no passado, boa fama. Ao governante Hakan, disse-lhe que planejava realizar um antigo e arriscado ritual de magia, que nunca executara, como última tentativa de serenar o furor do deus do vulcão.

Numa noite sombria e úmida, como a que se sucede a uma borrasca, com lavas em brasa a descer o penhasco, o feiticeiro, observado pelo então apreensivo Hakan e uma assembleia de notáveis, dá início ao rito. Imola animais e uma criança; queima uma profusão de ervas sagradas. Em seguida, com a face sulcada pelo sol e pelo tempo, coloca sobre os ombros uma pele parda de um puma e executa uma dança circular, num vertiginoso crescendo, com passos vigorosos que esqueciam seus anos. Proferiu palavras ininteligíveis e reverenciou inúmeros amuletos. Após deixar este enigmático transe, transpirando, comenta, com arquejo, aos presentes:

— Vhul está irredutível.

Ao amanhecer, os fluxos piroclásticos abraçavam o sopé da montanha; o ar recendia a enxofre e obumbrava o reino. Num patamar da colossal escadaria do magnífico templo de pedra, edificado ao deus Vhul, o poderoso Hakan, com a fisionomia visivelmente consternada, participa à nação:

— Afeiçoados súditos, o deus que tudo criou, Vhul, está implacável; como bem percebem, não mais nos protege, não ouve as nossas preces e não se alegra com as oferendas. A profecia consumou-se; um ciclo encerra-se. Quis o destino que essas decisões do cosmo se materializassem. Portanto, não nos resta outra alternativa senão deixar a terra dos nossos ancestrais e descer o abismo. Unay presume que pode haver, por entre as brumas, antes do vale da dor, algum terraço onde poderemos nos estabelecer.

No momento em que o lusco-fusco se impôs, o último habitante deixou aquela planície tão amada; uma sensação de desolação abateu-se sobre a tribo. A atmosfera, impregnada de material magmático, turvava a visão e quase sufocava as pessoas. Fora uma diáspora rumo ao desconhecido; levavam animais, pequenos pertences e víveres coletados às pressas.

A descida do despenhadeiro, quase talhado a pique, deu-se longa, demorou várias revoluções do sol e da lua; os pés aflitos deslocavam seixos e cascalhos do repouso milenar. No firmamento, ao longe, nuvens escuras, salpicadas de pedras incandescentes, que se metamorfoseavam em formas assustadoras, nunca deixaram de ser vistas. À medida que o povo puma se engolfava na grande cerração, uma surpreendente floresta, para o espanto de todos, paulatinamente, surgia por entre o nevoeiro, ladeada por um vale que abrigava um rio cristalino. Pouco a pouco, quando as árvores ficaram mais nítidas, lamentos, por toda a parte, foram ouvidos. Intuíram ser almas ou espíritos maus, por entre a vegetação, num estado de perpétuo padecimento. Uma inquietação apoderou-se daquela gente; deduziram estar diante do prenunciado, a despeito do inefável cenário. Premidos pelo acaso, acharam por bem terminar a jornada.

Aportaram no encantador vale, envolto por uma tênue neblina, que recendia a fragrâncias da natureza; um choro sentido grassava por todas as direções; vicunhas e alpacas pastavam serenamente. Não tardou para que um grupo de homens, de inopino e, igualmente, desarmados, irrompessem da mata; os recém-chegados àquelas plagas foram tomados de surpresa. Os líderes das distintas nações, que não tinham a menor ciência de suas existências, fizeram contato; para a admiração de ambos, falavam um idioma inteligível. Hakan soube que a tribo chamava-se Pukutay, que significava habitantes das nuvens, e o soberano, Antay. Este chefe relatou que, em seus domínios, desde antanho, havia uma predição, o fim de uma era, um éon, por fumo e fogo, que só se concretizaria quando um povo surgisse das entranhas da montanha que arranhava o céu, o porquê de tanto pranto. Também, contou que, não muito além, no poente, existia um imensurável precipício, no qual só se divisava um espesso nevoeiro, a morada das almas decaídas, *num relevo que acrescentava mais um degrau a essa história*. Hakan e Antay admitiram, sem muito esforço, que as profecias, que sempre circularam entre os seus impérios, eram, deveras, semelhantes; suspeitaram de uma outra catástrofe prestes a ocorrer.

Nesse altiplano, alguns dias foram consumidos num árduo propósito de como proceder diante do inevitável fado.

A fúria indômita de Vhul já se fazia sentir. No levante, onde o páramo cinge o cume do penhasco, a fronteira extrema, oriental, do mundo Pukutay, uma fumaça negra, impregnada de rochas candentes, começava a despencar do vertiginoso escarpado, à maneira do véu d'água de cachoeira. Os próceres, acossados, em um concílio de urgência, conjecturam que, muito provavelmente, uma divindade, numa época remota, semeara a inverdade sobre as regiões abismais, para que os homens não cultuassem a discórdia; *isolados em seus respectivos terraços, desfrutaram a paz por inumeráveis gerações.* Assim, partindo desse pressuposto, supuseram que, abaixo do precipício, do alcantilado, possivelmente, um ignoto povo viveria num ingênuo isolamento. Entretanto, Unay, habituado com os caprichos e mistérios do universo, cofia a rala barba branca e indaga:

— E se houver infinitos terraços? Passaremos a vida, envelheceremos, nessa sina? Quiçá, o mundo que conhecemos seja uma sucessão de planícies e abismos, ao modo de uma gigantesca escada, que ligaria os limites do arcano cosmos; o local da intemporabilidade...

— Não creio – disse o líder Antay.

— Igualmente, refuto esta concepção – intervém Hakan – além do mais, não nos resta outra opção senão partir, adentrar neste novo abismo, como fizemos anteriormente.

Os demais, que participaram da reunião, da mesma forma, assentiram em vencer o escarpado, o alcantil.

A descida do segundo despenhadeiro, embora demorada quanto a anterior, foi um pouco mais acessível, para surpresa de muitos, uma vez que abundava em passagens mais transitáveis, menos inclinadas. No entanto, o medo esteve mais presente, visto que uma boa parcela dos migrantes acreditava que, enfim, as trevas residiam em seus confins; outros, como Unay, pensavam estar embrenhando num infinito ciclo de terraços e abismos. De mais a mais, vez por outra, emergiam pequenos entreveros, pois eram povos que até então se desconheciam, e altercações eram motivadas por opiniões conflitantes. Quando, por fim, transpuseram as obscuras brumas, enxergaram, com fascínio, uma imensidão azul de água com suas vagas; um lago azul infindável que ignoravam. Por um bom tempo, permaneceram imotos; a mirada fixa na cena; nomearam aquelas águas, da cor do céu, de mar. Uma esperança fugaz, sem um claro porquê, reacendera.

Ocorre que, ao retomarem a caminhada, num trecho mais abaixo, no ponto no qual se avistava a extensa praia dourada, margeada por um exuberante bosque, a multidão, exaurida, vê um sem-número de embarcações zarparem, mar adentro, no afã de abandonar aquele lugar. Lufadas de vento vinham do alto; emanavam um ígneo horror. Nesse instante, para os desterrados, inábeis na arte de navegar, as ilusões evolaram-se; compreenderam o duro destino. Sob o indesviável véu da dor, aguardaram o momento em que o ubíquo Vhul os inumasse, desse fim àquela fuga ilógica, insensata, cujo epílogo, há muito, já havia sido predeterminado.

A civilização que singrara, de súbito, o mar, chamava-se Yakun, das águas. Desde suas antediluvianas origens, os antepassados, em sucessivos registros, os preveniram que quando um povo descesse a montanha proibida, maculasse sua superfície, que demarcava o nascente, viriam flagelos; cinzas e fogo dizimariam o que o mar não tocasse; as águas seriam o refúgio, o abrigo – saga dos eleitos.

12.05.13

No lugar de sempre

Há lugares que, independentemente das fronteiras e do tempo, nos compõem.

Manhã de verão no sul da *Puglia*, Itália; uma brisa fresca vinda do Adriático serena o calor. Carlo brincava com seu cão; deixa um dos flancos do *palazzo* dos Caprai, atravessa o oliveiral e dirige-se ao bosque da grande propriedade. O céu era de um azul irrepreensível. Ao pé da mata, num dos galhos de um grande carvalho, vê seu pai enforcado. A cena enregelou a alma e os anos que viria enfrentar aquele garoto esguio, de corpo bem proporcionado, cujo rosto exibia certa beleza, conquanto um hemangioma no pômulo direito, que não passava despercebido, tirava-lhe um pouco a graça.

O homem que se matara chamava-se Beppe Conti; administrava, com afinco, a tradicional propriedade rural da condessa Pia Caprai. Esta velha senhora nutria pelo capataz um respeito e um apreço inestimáveis.

Poucos dias após o sepultamento de Beppe, a condessa pede à esposa do administrador, Paola, que viesse encontrá-la no *palazzo*, uma esplêndida residência renascentista ladeada por ciprestes, vinhedos e olivais. Sem tardar, Paola sobe os amplos degraus de travertino da escadaria que dava à antecâmara; sentada e só, a nobre aguardava-a. A condessa, já bem curvada pelo tempo, tinha modos afáveis e vestia-se com austeridade; os olhos miúdos, perspicazes e o nariz adunco pareciam guiar os pensamentos quando falava. No entanto, nesse instante, com um jeito não costumeiro ao seu, disse, de modo seco e lacônico, para Paola deixar suas terras, visto que, com a morte do administrador, não havia mais razão para a permanência dela e do filho. Paola, que já suspeitava do que, provavelmente, se trataria, não conteve o dissabor que se estampou em sua face diante do inevitável e, com as pernas hesitantes, desce com dificuldade a escadaria.

Paola Conti sentia-se, ao mesmo tempo, sem um chão e sob escombros; o desalento e a desesperança dela se apossaram. As poucas palavras proferidas pela anciã usurpavam, incessantes, os seus propósitos. A duras penas, recorre a um tio que vivia, há anos, numa capital brasileira. O abrigo lhes é oferecido; a despeito da distância, as portas abrem-se a uma nova vida. Partiram sem despedida. Enquanto pôde, o menino não desviou o olhar daquele lugar; a tragédia não implantara em seu coração o desgosto pela paisagem na qual nascera. Longe disso, e sem compreender o porquê, achava que ela lhe pertencia.

O desterro para muitos pode ser a redenção, um prêmio para redimir-se do infortúnio, entretanto, para outros representa um castigo, algo que imprime na alma sensações que podem esfacelá-la. Assim, apesar de serem recebidos com não pouco afeto e ruidosa cordialidade pelo tio Biagio, a mudança de ambiente causara um impacto inenarrável, principalmente no garoto.

Biagio morava com a família nos fundos de sua modesta padaria, num bairro simples, não distante do sopé de uma enorme favela. Por sorte, Paola consegue alugar uma pequena casa quase contígua ao estabelecimento do tio; um emprego digno obteve rápido. Para onde olhasse, Carlo avistava moradias disformes, amontoadas, muitas sem reboco, afora as ruas descuidadas e esburacadas; tudo tão distinto do local do qual viera. Em virtude disso, ele sempre mantinha as janelas cerradas, para que aquela visão não apagasse a ilusão de um dia voltar. Além do mais, os sons das sirenes da polícia, os tiros ouvidos ao acaso pela noite, deixavam-no em estado de pânico. Aprendia a conviver com a solidão, com o escuro; não desejava assimilar a nova língua e interagir com a população. Por ser estrangeiro, era objeto de curiosidade; tentavam se aproximar dele, mas esquivava-se com maestria. Sua única distração e alento era rememorar as terras da condessa Pia, que ecoavam, reverberavam a ponto de não lhe permitir se contentar com nada do que agora o rodeava.

Ao fim de alguns meses, Paola refazia-se à medida que o menino amofinava-se em meio ao fluxo do passado. Orientaram-na a levá-lo a um médico; o clínico, com um raciocínio simplista, apenas comenta que Carlo sofria de melancolia, de um distúrbio de inadequação, e que os anos encarregar-se-iam da solução. Com efeito, o veredito confirmou-se, ainda que, em parte.

A beleza da italiana, seu corpo bem talhado, acostumado ao labor do campo, não passava desapercebido, principalmente para um empresário de meia-idade e certa cultura. Travaram conhecimento, namoraram e se casaram. Rafael levou a mulher e o então adolescente Carlo, tendo-o como filho, para uma residência elegante, cujas janelas davam para um horizonte aprazível. O novo endereço, a felicidade da mãe suavizavam um pouco a angústia do rapaz, embora não o divorciassem de suas lembranças e intentos. A certa altura, num jantar, Rafael, com um sorriso untado de surpresa, contou-lhes que os levaria, nas férias, à Itália. Carlo por pouco não desfaleceu; levantou-se e deu um beijo fraternal no padrasto. No entanto, Paola, não demonstrando tanto contentamento como Rafael supusera, fez uma restrição: não poria os pés onde recebera o desdém. O filho, por seu turno, interpelou-a ao alegar que para ele era muito importante rever o *palazzo* e a propriedade dos Caprai. Ela retorquiu que poderia reacender lembranças que lhe fizeram muito mal. Após algumas exigências concedidas por ambos, acordaram em apenas mirá-la.

Carlo retornou revigorado da viagem com quadros e estampas; as paredes da casa espelharam o seu país. Rafael fazia gosto, uma vez que Paola não podia ter mais filhos.

Os anos iam dando contorno ao destino, que se incumbira de ambientar os Conti no Brasil. Carlo, não obstante acalentar um propósito velado de pisar no local no qual nascera, transparecia, pela maneira de conduzir a vida, que havia superado aquela obstinação. Cursava economia, ajudava nos negócios de Rafael, e este já sonhava em tê-lo como sucessor. Ocorre que, nas vésperas de encerrar o curso, Carlo procurou a mãe e o padrasto e comunicou-lhes que, após as festividades da colação de grau, iria até a *Puglia* rever o que tanto ansiava. Paola foi surpreendida pela notícia; tentou dissuadi-lo com argumentos inconvincentes, porém Rafael assentiu e ponderou que era justo. Assim, deu-se.

Depois da longa espera, o momento tão aguardado tomara forma. Carlo posta-se ante os rebuscados portões do *palazzo* e mal crê no que presencia; em segundos, inúmeras recordações percorrem sua mente. Com o olhar maduro de agora, conclui que aquele conjunto arquitetônico é muito mais belo do que julgava. Toca o interfone, identifica-se detalhadamente e pergunta sobre a condessa Pia. A voz, do outro lado, responde que ela falecera e que, atualmente, residia o seu filho, o conde Domenico Caprai. Carlo, apesar de não conhecê-lo, insiste em entrar e se apresentar. Há uma pausa demorada com o interlocutor; uma conversa quase inaudível soou do aparelho; por fim, autorizam-no. Um empregado vem ao seu encontro; quando o vê, expressa um não contido espanto. Do percurso da entrada até o grande portal do *palazzo,* os olhos indiscretos do criado não desviam do rosto do visitante. Este episódio intriga-o.

Carlo é convidado a subir os mesmos degraus os quais sua mãe, com passos indecisos, galgara pouco antes de receber o ultimato; encaminharam-no à mesma antecâmara. O conde não tarda para surgir da intimidade do edifício. Ambos, ao se notarem, ficam desconcertados. Há um aperto de mãos trêmulas. Tendo como ressalva a diferença da idade, eram muito semelhantes; o mesmo porte, a mesma mancha rubra numa face idêntica. Uma intuição impensável sacode a alma de Carlo, e coloca mais lenha na fogueira de dúvidas a respeito do porquê do suicídio de Beppe e do apressado desterro da mãe. Domenico

Caprai, com brandura, pede para que ele se sente; toma a iniciativa da palavra:

— Sua presença parece uma obra proposital do acaso. Sabe, na sua infância, eu vivia em Londres... Desde que supus que já era adulto, tento contactá-lo; consegui, a custo, o endereço, mas não o *e-mail*. Redigi várias cartas, todavia nunca obtive resposta; se não as recebera, alguém impediu que você as lesse. Não sei qual o motivo que o trouxe aqui, contudo não tenho adjetivos para exprimir a minha felicidade.

O outro, com a voz presa, esclarece:

— De fato, não as recebi.

O conde Domenico prossegue:

— Intuo que seja sua mãe; crucificaram-na sem piedade... Devo-lhe explicações, Carlo. Eu e Paola tivemos, como dizem os ingleses, um *affair*... aconteceu... A juventude, não raro, nos faz reféns das ilusões.

Há um curto e inquietante silêncio; o conde fita-o com ternura e, quase balbuciando, diz:

— Dele nasceu você.

Carlo fica lívido diante da revelação da qual começava a desconfiar.

Domenico retoma o diálogo:

— Enquanto minha mãe viveu, mulher de princípios rígidos que não tolerava deslizes, em respeito a ela, não se comentava; era uma verdade abafada. Além do mais, Beppe Conti, como seus antepassados e irmãos, sempre estiveram conosco; são parte destes campos. Em consideração para com esses vínculos, creio, suportou a humilhação por tanto tempo... Fiz você sofrer; um homem se matar; não há atenuantes. No entanto, uma alegria, a que me desabituara, invadiu-me ao vê-lo. Realmente, como me haviam dito, herdou os traços fisionômicos e a marca singular dos Caprai.

Carlo, que escutava calado e enleado, comenta com dificuldade:

— Vim para reatar antigos laços; recordar imagens da minha infância que jamais as esqueci. No entanto, em minutos, quantas revelações desconcertantes...

O conde, no afã por reparar as injustiças e o modo como antes procedera, interrompe-o:

— Não sei se o momento é oportuno. Nossa propriedade é vasta; produzimos azeites e vinhos que são exportados. Seria do meu agrado se ficasse; aqui é seu lar...

Carlo pede licença para retirar-se e caminhar um pouco; seus pensamentos eram um emaranhado de revolta, perplexidade e surpresa. Ao deixar a antessala, cogita em rechaçar a oferta que recebera. Porém, quando mirou aquele cenário, para ele inefável, sentiu seus pés atarem-se ao chão; sentiu que ali, mais do que imaginava, era o seu destino.

Seu olhar esparramou-se pela paisagem que um dia vivera... no lugar de sempre, no qual deveria estar.

26.02.14

O mistério da estátua

Nos é facultado o direito de nos tornarmos um eleito; a única maneira de podermos compreender os mistérios da arte.

Agosto, Roma era açoitada por uma soalheira de seus verões infernais; o trânsito ainda permanecia caótico e intenso, embora se visse uma nítida diminuição no número de turistas, uma vez que as pessoas, nesse preciso momento da nossa história, estão culturalmente decadentes. O prazer supremo, agora, passou a ser as compras na China. O mundo, desde então, prescinde da arte.

João Mollyer, um homem dissonante em relação aos de sua época, amante da arte e da pintura, caminha resoluto, indiferente ao intenso bochorno, até alcançar a Via Del Corso, local do seu destino – o *Palazzo Doria Pamphili.* Seu coração acelera ante aquele magnífico edifício; durante meses estudou, minuciosamente, cada quadro, cada escultura, cada objeto do seu admirável patrimônio. Antes de entrar, observou, mais uma vez, a cidade, tão insensível ao seu invulgar passado. Comprou o tíquete e subiu a estupenda escadaria de travertino.

Ao adentrar nos seus imensos e decorados salões, Mollyer constatou o que presumira: o palácio estava praticamente vazio.

Conquanto triste de encontrá-lo assim, conformou-se em tê-lo só para si; poderia apreciá-lo com tranquilidade. O primeiro trabalho que quis conhecer, na verdade, o motivo maior de sua presença ali, era o retrato do Papa Inocêncio X, pintado por *Velázquez.* Ficou estupefato com a obra, nomeadamente o olhar severo e desconfiado do Sumo Pontífice, visto que esse quadro converge tudo o que João mais prezava: *as expressões das faces e dos olhares que, munidos de uma técnica impecável, os gênios conseguiram criar.* Nesse instante, lembrou-se das sensatas palavras de *E. H. Gombrich,* um dos grandes estudiosos da arte: "Este é o próprio homem, e não uma fórmula bem ensaiada".

A tarde caía, depois de um dia em que as horas não foram percebidas, em companhia de *Caravaggio, Ticiano* e muitos outros pares, quando Mollyer dedicou seus momentos restantes para contemplar mais uma tela que tanto desejava ver e aquilatar, *Ícaro e Dédalo de Ludovico Lana.* A notável sutileza da cena, na qual Dédalo fixa as últimas penas na asa do filho, cuja postura aflita denuncia uma ávida vontade de alçar voo e escapar do labirinto de Creta, deixa-o realizado. Ao findar a surpreendente visita, João dirigiu-se à loja, contígua à bilheteria, na qual havia livros e réplicas do acervo palaciano. *Por pura sorte ou pela mão do destino,* ele achou a reprodução da derradeira pintura que o *encantou,* Ícaro e Dédalo. A responsável pelo estabelecimento, *em tom profético,* disse-lhe:

— É uma estampa *fantástica, encantadora;* poucas vezes a vi aqui. Seu tamanho é quase original, e foi realizada pela tradicional, o senhor deve conhecer, Bottega Artigiana Tifernate.

De posse da gravura, Mollyer sai leve; planeja jantar no Trastevere.

Transcorrida uma semana, já em seu país, João Mollyer, sem postergar, coloca a cópia do quadro de *Ludovico Lana,* logo emoldurado, na sala de seu apartamento, atulhado de pinturas e peças de arte colecionadas ao longo da vida.

Nas semanas subsequentes, *sob o domínio de uma insólita fascinação,* Mollyer passara a devotar cada vez mais tempo a contemplar a reprodução que trouxera do *Palazzo Doria Pamphili.* Ocorre que, num determinado dia, entregue a um inenarrável estado de arrebatamento para com a réplica da obra de *Ludovico,* João escutou e enxergou as asas de Ícaro adejarem suavemente, num afã de recobrar a liberdade e vivenciar o engenho do pai. Imediatamente, Mollyer foi, *por uma força obscura,* impelido a tocar a mão na gravura, que a penetrou de modo mágico, sem opor a mínima resistência, seguido, não mais que de repente, de todo o seu corpo, incorporando-o à cena. *Uma infinidade de dimensões experimentou.* Ouviu o mar bater nas rochas, a seda vermelha do jovem ao sabor do vento, o cheiro da perfumada relva e da cera fresca, assim como a advertência de Dédalo para que o seu filho não se aproximasse do sol. Então, sem sua ingerência na sucessão dos fatos, como em um enredo de um sonho, ele saiu da mitológica cena da mesma maneira como entrou, contudo, agora, tocando os pés em uma das galerias do *Palazzo Doria Pamphili.*

Pelas amplas janelas envidraçadas do palácio, penetrava uma luz cristalina, de um céu sem nuvens, mas, de modo inusual, havia, no ambiente, um silêncio sepulcral. Sem se dar conta dos seus atos, João começou a percorrer os salões com uma inexplicável rapidez, embora, de forma inusitada, compreendesse o que via com muito mais nitidez.

Num determinado momento, Mollyer viu um ser mitológico, seminu, numa postura mística, entoando na lira uma canção triunfal, que o fez parar e sentir um imensurável enlevo, conquanto, também, certo enleio. Ao notar a hesitação que imprimira no espírito de João, o ser mitológico tomou a iniciativa da palavra:

— Não sinta temor, eu sou Apolo, o patrono da arte, o deus há muito preterido, ainda que, ao longo de mais de dois milênios, já tenha sido muito esculpido, retratado, narrado e cantado. Apesar de poucos saberem, continuo a velar esses santuários, a genuína manifestação da genialidade humana, que, para uma significativa parcela das pessoas do mundo de hoje, não é mais que algo obsoleto, soberbo e desmedido. Infelizmente, os mecenas minguaram; a tecnologia roubou a beleza do viver. Sabe, você teve o privilégio de estar aqui, pois é um eleito, um verdadeiro amante da estética.

Com a face lívida e a mente quase incrédula, João Mollyer pergunta:

— Não me encontro no *Palazzo Doria Pamphili?*

Apolo, com a voz de timbre espectral, não obstante sublime e celestial, respondeu:

— Bem... de certo modo sim, entretanto, na verdade, este é o palácio etéreo, *a projeção atemporal do palácio real,* um dos muitos planos onde vivem os grandes artistas do passado, como *Bernini, Michelangelo, Leonardo, Rafael, Caravaggio, Velázquez...* e até os olvidados de remotas épocas.

— E o que os grandes artistas fazem aqui atualmente? - interpela Mollyer, sem se desfazer de todo receio e sobressalto.

— Obviamente, caro visitante - continua Apolo - realizam trabalhos muito mais admiráveis; só visíveis, todavia, a uma seleta casta, mesmo entre nós, criaturas imateriais, de apaixonados das artes, o que não implica que desgostem do que realizaram. Muito pelo contrário, eles sempre travam uma calorosa discussão sobre essas obras. Contudo, posso asseverar-lhe, estão decepcionados com a banalidade da produção atual e com os incontáveis vituperadores de plantão.

Em seguida, após uma ligeira pausa no diálogo, Apolo relembrou a João Mollyer que o seu apreço incomensurável pela arte é que lhe possibilitou transpor o mundo da imortalidade; no entanto, por ser um mortal, comentou, ele tinha permissão para estar naquele local somente uma vez; tratava-se de uma regra incontestável. Também, o preveniu de que poderia permanecer nas dependências o tempo que quisesse, porém, quando partisse, nunca deveria olhar para trás, uma vez que uma grave penalidade era invariavelmente imposta.

Depois de um período, no qual reviu o que mais estimava, João Mollyer reentrou na cena do quadro de *Ludovico Lana,* impulsionado *pela mesma força obscura,* quando, saudoso de partir, não acatou o conselho do deus grego e olhou para trás. Num instante, seu corpo foi impedido de continuar o *percurso sobrenatural* e puxado em direção ao palácio, petrificando-se, à semelhança da esposa de Ló, não em sal, mas em um bloco de mármore de Carrara.

No dia seguinte, os curadores do *Palazzo Doria Pamphili* encontraram, em um corredor menos concorrido, uma harmoniosa escultura, desconhecida, de um guerreiro espartano que não fazia parte do cabedal palaciano. Os melhores especialistas italianos foram convocados para decifrar o enigma; quase com unanimidade, concordaram tratar-se de uma provável estátua do grande *Bernini*.

Entrementes, no país de Mollyer, devido ao seu sumiço, a polícia foi acionada para esclarecer o caso. Os peritos depararam com um achado inimaginável: havia na reprodução da pintura de *Ludovico* marcas de mãos, as impressões digitais das falanges, como se estas tivessem sido introduzidas, *de trás para frente,* no intuito de agarrar, com aflição, o papel-cartão, apesar de não haver o mínimo sinal de rasgadura. Eles não souberam desvendar o mistério.

Quem procura, depois desse episódio, o *Palazzo Doria Pamphili,* continuamente o encontra abarrotado, uma vez que a notícia da estátua misteriosa, que surgira do nada, correu o mundo. E para atiçar ainda mais a curiosidade, há inúmeros relatos, até de pessoas tidas como incensuráveis, de que ao se observá-la com a devida atenção, com o coração aberto para mirar sua beleza, ela pisca um dos olhos. Assim, a partir de então, versões para explicar tal fato abundam: desde as mais cartesianas que apregoam de que tudo não passa de crendices, até as mais esdrúxulas que creem tratar-se de uma verdadeira escultura mágica, meia rocha, meia gente.

Em certa medida, não importa a essência do porquê, João Mollyer atraiu, outra vez, um novo influxo de turistas à cidade das sete colinas; auxilia para que o fascínio pelas artes não decline, de modo tácito...

11.11.12

O dever e o desejo de Piatã

Nunca estamos preparados
para o que esperamos.

James Michener

Ainda se fazia noite; viam-se poucas estrelas; nuvens negras e pesadas percorriam o céu ao sabor do vento; o ulular de um animal invadia o ambiente. Após uma dança breve e enigmática, o xamã colocou a mão direita no ombro direito de Piatã e disse em tom grave:

— Piatã, vá até a montanha onde moram os deuses; já é lua nova; verdadeiramente, se iniciam os preparativos pelos quais você mudará o seu e o nosso destino. Lá, os deuses lhe dirão como proceder e a inefável promessa que lhe será reservada.

— Filho de Urihi, anseio por esse dia. Tenho sonhado com um templo cuja forma desconheço, mas concebo com uma clareza assustadora a sua geometria.

— Piatã – disse o xamã – hoje, a você será revelado o nome desse venerável lugar. Todavia, antes de subir, ingira esta beberagem composta de ervas sagradas; ela o levará a um estado de transe, o qual facilitará a sua comunicação com as deidades e os entes da natureza.

Bebeu aquele líquido tânico e turvo com um único gole; quase em seguida, com a voz arrastada, comentou:

— Fico feliz em depositar tanta confiança em mim.

Os primeiros lampejos solares inundavam a manhã quando Piatã chegou ao sopé da montanha. Um claro frescor matinal serenamente apoderou-se do ambiente. Os pássaros gorjeavam numa alegria sublime, celebrando o mistério do alvorecer. Uma profusão de cores e aromas surgia paulatinamente, à medida que a noite declinava. Piatã olhou de modo fixo para o páramo; teve uma experiência multissensorial. Sentiu a teofania, o influxo que emana do universo; percebeu os espíritos das divindades e dos antepassados, que lhe confessaram que o poliedro sonhado, o templo, chamava-se pirâmide, o qual, escondido de modo inencontrável nas entranhas da densa floresta, nunca fora violado e velava o segredo do clã. Também afiançavam que, caso ele reconquistasse o território que um dia pertencera ao seu povo e que agora estava de posse da inimiga tribo, que habitava a planície que se estendia além do grande rio, poderia penetrar na pirâmide e lá conhecer as faces dos deuses e de todos os seus ancestrais. Por fim, provou o dever, a responsabilidade que pesava sobre seus ombros.

Piatã voltou à sua aldeia sem observar por onde caminhara; embora resoluto, ficara um pouco apreensivo com a missão que o aguardava. Ao pisar na clareira, o xamã o convidou para uma conversa a sós em sua maloca. Demonstrando certa alegria, o pajé declarou:

— Você é o Grande Jaguar; desde que nasceu, sei do seu destino. Só homens de coragem e virtude podem receber tal incumbência.

— E se eu decepcionar, filho de Urihi, o que sucederá?

— Tal possibilidade não me foi confidenciada; os deuses são reservados. Presumo que um dia você tornar-se-á um nume, pois é um escolhido. Entretanto, - continuou o feiticeiro – deve preparar-se; a tão aguardada batalha que nos restituirá a liberdade e nossas terras deverá acontecer na noite em que o disco da lua ficar perfeito, o que coincidirá com o solstício de inverno, a duas semanas.

Era a hora da soalheira; um bochorno vindo do leste fez Piatã transpirar. Acatando o conselho do feiticeiro, o Grande Jaguar dirigiu-se para a floresta e mergulhou numa ascese; o seu povo deu início aos preparativos do esperado combate.

Os índios recolheram pigmentos para a confecção de tintas das pinturas ornamentais de guerra; colheram ervas medicinais e alucinógenas para as infusões; entoaram cânticos destinados a ocasiões muito especiais; dançaram; caçaram; contudo, Piatã permanecia incomunicável na mata, num transe visionário, a interagir com os espíritos de cada coisa viva ali presente. Era necessário compreender tudo, recolher forças.

Na grande floresta tropical, o inverno imprimiu poucas transformações na estação, visto que a floresta continuava quente e úmida. Uma borrasca caiu um dia antes da data predeterminada, deixando o ar impregnado ainda mais de vapor d'água. Após a última aurora que antecedeu a almejada guerra, o xamã fez um panegírico em louvor ao Grande Jaguar; rendeu votos e ofertou animais recém-carneados aos numes que os protegiam; invocou abstrusa magia.

Como era o solstício, o disco da lua surgiu perfeito mais cedo. Na calada da noite, o Grande Jaguar com seus homens partiram determinados no intuito de surpreender os execráveis. Fora uma batalha árdua, que durou dois pores do sol. Encontraram uma forte resistência, no entanto, Piatã lutou e liderou com valentia; afinal, representava o encargo de sua vida, *conquanto houvesse, em seu propósito, um desejo velado de acolher a promessa.*

Nos estertores do histórico conflito, o Grande Jaguar, exaurido, porém quase ciente da vitória, recebe uma impensada flecha perdida no peito. Cai em febre por vários dias. Durante esse período, sonhou sua vida, a dos filhos, dos ancestrais; sonhou o firmamento e a floresta sendo gerados; sentiu o gosto da mandioca, da castanha, do fresco peixe que tanto amava; distinguiu, em meio àquela imprecisão, o xamã administrando poções curativas, até que, num determinado momento, desvencilhou-se de um peso, algo indescritível, e começou a correr pela inextricável floresta numa leveza inenarrável. Percorreu um vasto território; viu animais, árvores e rios que desconhecia, quando, inesperadamente, deparou com a pirâmide prometida. Prostou-se de joelhos e a venerou por um longo tempo. Levantou e tocou sua áspera superfície, ocasião em que notou sua mão transpor, sem opor a mínima resistência, aquela dura e espessa parede de pedra.

Adentrou, enleado, com desembaraço, em seu iluminado interior, embora não houvesse nenhuma abertura perceptível para a luz; pôde, finalmente, contemplar os seus deuses. Estes, para seu espanto, eram insólitos, feéricos, de um aspecto cambiante que se assemelhavam às nuvens de densidade tênue. Irradiavam uma paz inexprimível que ele nunca dantes vivenciara; velavam o seu corpo inerte num perfumado altar. Nesse instante, ele intuiu que o tempo era uma quimera; que o sangue não mais percorria suas veias; que já era um espectro, um mero simulacro. Teve vontade de chorar, mas isso se tornara inexequível. Ouviu, ao longe, o lamento de seu povo.

24.12.11

A despedida triunfal

As coisas só se manifestam na plenitude, quando cumprem o seu tempo.

Tinha tudo para ser, talvez, o dia mais emblemático da vida de Fabrizio, mas fora toldado pela sombra do impensável acontecimento. Sua mãe chorava pela emoção ao vê-lo receber o diploma com honras; o melhor aluno da turma de direito. Ele deitava lágrimas pela perda de Norma, seu grande amor, que, na semana precedente, havia rompido um relacionamento de anos. Sua mente vagava; emergiam da memória cenas desse doce tempo... beijos, ele correndo na praia, tentando alcançar e abraçar aquele corpo lépido; as primeiras aulas na faculdade sobre as quais compartilhara com ela uma alegria que não cabia no coração; visões que o aturdiam e o transportavam para fora da realidade na qual estava inserido. No baile, bebeu à larga para sufocar a angústia, a decepção, as lembranças que o dilaceravam. Em determinado instante, uma vertigem o assalta e o faz sentar e sonhar estar ao seu lado; percorrer lugares que intencionava conhecer em sua companhia; comentar as impressões de um livro que lera. Tudo, tudo era desejo, desejo que escapava de suas mãos. *No amor, compreendeu, não há espaço para a razão.* Às vezes, deixamos de escolher alguém que quer nos ceder o seu céu, por outra que julgamos mais interessante. Por um período apreciável, sua vida passou a ter os matizes do pôr do sol; aquela cor fugidia, repleta de melancolia.

Os dias transcorriam tíbios. A dor da perda era atenuada pela esperança; que esperança?, a de poder reavê-la no próximo amanhã. Ter de inumar essa paixão que o demolira e reencontrar o trilho da vida foi um fado pesado para o coração afligido de Fabrízio. Uma obsessão tomara conta do seu espírito, que relutava em aceitar o que havia acontecido. Ansiava tomá-la nos braços; estreitá-la com ternura. Esse tempestuoso sentimento que agora o conduzia, intimou-o a procurar o sono, porque nele, ela, eventualmente, lhe aparecia em sonhos: beijava-o, acariciava-o, entregava-lhe o corpo. Era a saudade perdida que o visitava, em que ele a reavia, no único mundo que ainda tinha domínio. *Amavam-se nesse vínculo secreto, como os amantes que se escondem no silêncio de ambos.* Assim, nas coisas do amor, a ausência cria mecanismos para que ele nunca se esfacele; até nos ilude para que continuemos acreditando que ele existe e vive. Fabrizio cai nessa teia.

Como o rio que só conhece o destino de chegar ao mar, mesmo quando encontra inúmeros obstáculos, Fabrizio, aos poucos, contornando o inesperado, prossegue, buscando um novo sentido para sua existência, redescobrindo que é possível continuar; erguer-se. Quando ele, finalmente, retoma as rédeas da emoção, passa a dedicar-se com afinco ao motivo pelo qual cursou direito: tornar-se um juiz. No período mínimo exigido para tal, alçou, sem dificuldade, a magistratura. Não muito depois dessa conquista pessoal, que lhe trouxe um alento para as feridas do passado, fica sabendo que Norma havia se casado com o filho de um rico comerciante local, que já pavimentara para ela uma vida de excessos e ostentações. Tenta não dar importância à notícia, recebê-la como se tratasse de uma novidade irrelevante, entretanto, não consegue emudecer o coração e muito menos odiá-la, visto que ainda a amava.

Quem perde alguém que muito ama, de modo imprevisto e pérfido, pode passar a apresentar uma propensão para desenvolver um fascínio, tácito e até inconsciente, pelo ente perdido, transferindo esse sentimento inoportuno para as futuras escolhas que, provavelmente, virão. Assim, os novos relacionamentos estão passíveis de ser governados e eclipsados por essa atração velada e indevida, a qual pode ofuscar o brilho do porvir. Com efeito, sem perceber, Fabrizio começou a relacionar-se com uma mulher que era o reflexo sutil de Norma, tanto na aparência física quanto nos gestos; só atentara para o fato meses mais tarde. Ele a conhecera em uma grande livraria de um *shopping*. Estava sentado na seção de literatura estrangeira, quando viu uma moça procurar, sem sucesso, um título. Ele nota que ela havia pedido uma sugestão para o funcionário daquele setor, todavia, a resposta do rapaz não a convence. Saindo do seu recato habitual, o juiz oferece ajuda. Ela era loira, de olhos verdes e o semblante daqueles que esboçam um eterno sorriso. Ele repara nela algo indefinido de íntimo. Após a escolha do livro, um presente para o pai, que ela acata de pronto, surpreendida com a atenção e o saber de quem o indica, Fabrizio a convida para sentar na cafeteria da livraria; ela aceita. Conversaram como se se conhecessem há muito tempo. Chamava-se Norah e era de ascendência inglesa. Durante o período desse primeiro encontro, ele a observa, várias vezes, de soslaio, impressões que lhe suscitam uma estranha e prazerosa sensação de já a conhecer. Essa fortuita ocasião escancarou as portas da clausura na qual Fabrizio estava encerrado há anos. A passos largos, e para surpresa de muitos, essa amizade repentina transforma-se em um vínculo, que culmina no casamento. Parecia que o juiz queria dar continuidade a um capítulo de sua vida que fora interrompido de forma acidental e involuntária. Por sua vez, ele se vê diante de um novo cenário, o qual lhe concede o privilégio de reatar o sonho de tecer a felicidade como, um dia, imaginara.

A sintonia dos gestos com a silhueta, o sorriso sempre estampado na face, que quase nunca cedia lugar a outra feição, mesmo nos momentos mais difíceis, deixavam Fabrizio um pouco embaraçado e hesitante, pois não conseguia decifrar com precisão as intenções de Norah, além de resgatar recordações que pertenciam ao passado. Igualmente, nesse começo, ela se sentia incompreendida, não conseguindo entender certa frieza no caráter do marido. Como Norah era ciente do que ocorrera com Fabrizio, também, quando ele a fitava tranquilo, mas com o olhar meio perdido, ou quando o via olhando para o infinito, ela, muitas vezes, pensava que, talvez, ele estivesse lembrando da pessoa que, de maneira eventual, intrometia-se na vida deles. Esses flagrantes quebravam o seu sorriso. Mesmo assim, os anos redigiam um novo enredo, e, dentro dessa suspeita velada que ambos viviam, as coisas não corriam mal; eles se respeitavam mutuamente, e os momentos de afeto e harmonia eram preponderantes. Entretanto, Fabrizio, até então, não se esquecera totalmente de Norma. No decorrer de muitos anos, o fantasma daquele relacionamento, inesperadamente, o visitava, ora colocando um véu de ternura, ora provocando o emergir de uma frustração difusa e indefinida que o atormentava, visto que Norah, esposa exemplar e plena em beleza interior, não merecia ser subestimada e, muito menos, comparada com quem, no fundo, merecia o desdém.

As dúvidas com quê de desconfiança, as quais nublaram ocasiões que poderiam ter sido mais felizes, aos poucos se dissipavam; no entanto, a quietude não se instaurara por completo, uma vez que o casal ainda andava às voltas com outra incerteza: o filho que não chegava. Para tanto, não cruzaram os braços. Percorreram as melhores clínicas de fertilização do país e, até mesmo, do exterior; porém, apesar do enorme empenho, só ouviram a mesma resposta: Norah era portadora de um problema ginecológico irreparável. Assim, quis o acaso que eles transpusessem mais esse obstáculo. Contudo, a decepção que acompanhou o fim do sonho de ser pais, definitivamente, não os afastou, mas, sim, selou uma maior cumplicidade entre eles, que preenchia a lacuna de um lar sem crianças. Viagens, leituras, ajuda humanitária e, o que na realidade pesou, mais desvelo para com as afeições, completavam o tempo que seria dispensado à criação dos filhos.

Afora as notícias das colunas sociais, as quais ele terminantemente não lia, visto que Norma fora uma destacada *socialite,* Fabrizio, durante muitos anos, só a avistara uma única vez. Aconteceu, acidentalmente, quando ele se dirigia a um estabelecimento comercial. Norma não o viu. Essa visiva, apesar dos poucos instantes, causou-lhe um mal-estar diferente daqueles que sentira no passado, quando dela se lembrava ou quando se deparava com suas fotos nos jornais; algo como uma repulsa, se bem que acompanhada de um longínquo sentimento de prazer perdido, de poder nocivo. Ao chegar à casa, encontrou aquela face sempre sorrindo. Norah estava na varanda do apartamento; uma lua imensa e amarelada nascia no horizonte, e sua luz delineou, com nitidez, os traços dela: refletiam os matizes da felicidade. Ele a envolve em seus braços e beija-a demoradamente; recobra a paz. Fabrizio sente uma alegria dourada, que cega as recordações confusas, insólitas, que não mereciam persistir. Norah compartilha aquele momento de ternura sem conhecer o porquê que o motivou. *Alçam o cume, a recôndita fonte do encanto, na íngreme escalada do amor.*

Ocorreram muitas outras coisas nos anos subsequentes, mas a morte do pai de Norah, que praticamente a criara sozinho, uma vez que sua mãe falecera quando ela entrava na adolescência, quase desbota o seu sorriso. Foram meses difíceis, contudo, envoltos em atenção e carinho pelo marido, Norah volta a sorrir. De mais a mais, começa-se a ouvir na cidade que as finanças do esposo de Norma não andavam bem. Como ele provinha de uma das famílias de mais posses do lugar, não era de se estranhar que o assunto andasse de boca em boca. E, diziam mais, que o casamento ia como os negócios. Conquanto não desejasse, Fabrizio acaba sabendo; não faltam pernas para a bisbilhotice. No entanto, o disse-me-disse não aguça a curiosidade do juiz, visto que, a essa altura, isso não lhe dizia respeito. Naquela ocasão, Fabrizio tinha motivos de sobra para se preocupar: suspeitava-se de que algo sério e devastador poderia estar minando a saúde de Norah; emagrecia a olhos vistos. Inicialmente, esse sinal fora atribuído como uma consequência do longo e doloroso luto. Como o quadro, entretanto, começa a depauperá-la, escoar suas forças, o alerta acende, e auxílio médico foi providenciado às pressas. Uma exaustiva propedêutica e sofisticados exames complementares iniciam-se; porém, o desfecho foi pior do que o esperado, ou melhor, assustador: a equipe médica depara-se com um raro e agressivo tumor neuroendócrino. Quando o casal recebe o diagnóstico, o chão abre-se para os dois; eles se abraçam, mas foi Fabrizio que desabou a chorar. O juiz aprendera a ter horror ao imprevisível, e, pela segunda vez, esse agente traiçoeiro o assombrava. Vê-la definhar, exaurir a esperança cada dia, era por demais desolador; muitíssimo mais doloroso do que a perda que experimentara na juventude. Por um triz, Fabrizio não sucumbe junto com Norah. Em menos de dois anos, ele, quase esquálido, a entrega aos cuidados de um jazigo. Desde então, o tecido da realidade rompe-se para Fabrizio; por um bom período, chega a pensar que sua vida era uma notável provação, na qual a felicidade nunca se completava. Contudo, a razão, que sempre relutou em abandoná-lo, se incumbe de desalinhavar essa ideia. Compreendeu que Norah foi o grande presente que a vida lhe dera, mesmo que tenha durado tão pouco; aprendeu, observando-a, que, mesmo na adversidade, há de se ter aceitação, uma vez que *viver é a sucessão de inúmeras escolhas e sensações subordinadas, even-*

tualmente, ao domínio do acaso. Certificou-se de que, realmente, a amou, assim como ela a ele. Essa dura saudade emoldurada por inefáveis lembranças, por mais inusitado que pareça, passa a ser o seu cajado.

Do mesmo modo que a água detém o poder de diluir os pigmentos, os anos encarregam-se de serenar os sentimentos; tal qual o vento feroz que sopra, esfacela e dispersa. Portanto, veio o dia em que Fabrizio, aos poucos, começa a reconstruir sua rotina, todavia, agora, pautada pela reserva e certa reclusão. Salvo o ambiente de trabalho, raramente encontravam-no; devotava-se, com afinco, aos pais, visto que passavam dos noventa, e a senilidade deixara-os fragilizados e dependentes. Numa determinada manhã, o juiz vê sobre sua mesa os autos do processo litigioso de um divórcio; uma das partes, a mulher, solicitava uma audiência em separado. Ao ver o nome de quem se tratava, o juiz gela; no entanto, a curiosidade fala mais alto. Seria só um interesse descomprometido ou haveria um resquício de amor? Leu os autos com particular atenção. No dia da audiência, ele não pôde afastar de si uma sensação confusa de inquietude acompanhada de certo entusiasmo. Chegou mais cedo ao fórum e releu todo o processo. No momento da entrevista, depois de tantos anos sem avistá-la, Fabrizio percebe que ela ainda preservava aquela beleza singular, que fazia com que os homens a olhassem uma segunda vez. Norma é convidada a sentar-se; trocam mesuras formais. Após se instalar, ela apoia, com delicadeza, as mãos sobre a mesa. Fabrizio observa a disparidade entre o semblante e as mãos, já que essas não mentem; mostravam as marcas de uma pessoa entrada em anos. Norma toma a palavra, mostrando evidente ansiedade; com a voz vacilante, ela expõe suas razões com uma argumentação concebida por frases pouco concatenadas:

— Ele acabou para mim; com ele, foram os carros de luxo, jóias, festas... Eu necessitava dizer-lhe: nunca fui mulher para você; não te mereço. O que eu procurava, você nunca poderia me dar. Hoje, tenho noção de como sempre me comportei de maneira frívola; corri atrás da felicidade à procura do palpável e não da essência, dos verdadeiros valores que, de fato, são relevantes. Você sempre foi um homem bonito, apesar disso eu queria mais; queria alguém mais impetuoso, ousado, que me cobrisse de jóias e de prazer. Eu o julgava com futuro, porém um homem comedido, ligado a questionamentos que não me interessavam; um homem previsível.

Fabrizio avalia com atenção a narrativa; tenta entender toda a situação. Repara a postura subserviente dela à sua frente. Talvez se sentisse diminuída... talvez um quê de vergonha... conjectura. Todavia, ele nota que, naquele desabafo, havia um rosto que deixava escapar certa dissimulação escondida nas suaves rugas; um semblante que emanava uma vulgaridade intrínseca. Presume que talvez ela sempre carregasse esse traço, entretanto, a juventude, a paixão toldara essa constatação. Nesse instante, Norah aparece em suas lembranças; *a comparação é inevitável.* Sente o peito apertar; um mal-estar deixa-o sem lugar. Fabrizio perde o olhar da tolerância, mesmo assim ela persiste:

— Soube que, não de muito, perdeu sua mulher. Deve ter sido difícil para você enfrentar o destino; peço desculpas pelo que eu possa ter lhe causado. A vida continua; vou recolher o que ela me reservou. Há muito o que se fazer, mesmo com os cacos que restaram. A felicidade e as perdas são heranças que nos pertencem; ninguém pode subtraí-las.

E com inesperada veemência, ela reitera:

— Ninguém.

Fabrizio, tomado pela surpresa e constrangimento, intervém:

— O que aconteceu, Norma, são fatos do passado que não merecem ser exumados. Você deve supor que sofri, mas fui recompensado com muitas coisas; com passagens afortunadas. Vamos tratar do que diz respeito a essa audiência. Desculpe-me por interrompê-la; há muito trabalho, hoje, no fórum. Neste país, questões banais estão sendo judicializadas; é um horror.

Mesmo com essa cordial advertência, Norma insiste em reviver episódios que seu interlocutor já dera como encerrados. Foi necessário que ele, novamente, a avisasse; só então conversam sobre o divórcio sem intermissões. O Juiz direciona a audiência no intuito de acabá-la o quanto antes. Sem deixar de ser cortês, ele a leva até a porta de sua sala; despedem-se de modo cerimonioso. Não a acompanha com o olhar quando Norma sai apressada pelo longo corredor.

Fabrizio, não muito depois, toma um café pausadamente, enquanto sentado girava, devagar, sua poltrona. Com movimentos suaves, deposita a xícara sobre o pires na mesa. Levanta-se e caminha até a janela; o tempo está fresco, o céu nublado. Vê, com a alma leve, o fluxo da cidade. Logo em seguida, ele deixa o edifício. Entra no carro; uma música cria um clima de serenidade. Passeia, lentamente, pelas avenidas, que deslizam diante dos seus olhos. *Sente que teve uma despedida triunfal;* decisivamente, libertava um velho fantasma.

17.11.2016

A casa dos espelhos

No mundo, muitas coisas surgem e desaparecem sem que sequer saibamos.

O grande salão acabara de receber os três grandes espelhos, Gordo, Solitário e Aparador, em posições semelhantes ao do predecessor, os quais, depois da longa travessia do Atlântico, retomaram o diálogo repleto de bisbilhotices, ironias e fanfarronices. Eles se comunicavam por meio dos reflexos da luz, e a infinita combinação de cores do espectro levava a uma infinita possibilidade expressiva. Como nesta latitude, o sol cintila mais intenso, os diálogos deram-se mais inflamados; regozijaram-se do brilho que entrava no ambiente. O Gordo, de temperamento tolo, era o maior e recebia mais luz, pois ficava diante da grande janela oriental; pendia-se mais ao alto e tinha como adorno uma grande moldura rebuscada e dourada. Solitário, era o mais solicitado, uma vez que ia até o chão; adquiriu, ao longo dos anos, a indiscreta capacidade de conhecer as intenções e, em alguns momentos, o destino das pessoas. Já o Aparador, portava-se com mais recato.

Antonino Fortes foi o primeiro que, realmente, vislumbrou a florescente indústria açucareira que acenava no Vale do Piranga mineiro. No meado do século XIX, já possuía uma vasta extensão de terra, um título de nobreza, e o seu Engenho Novo jorrava açúcar. Em menos de uma década, construiu um palacete no estilo barroco francês, digno de seu pioneirismo e do caráter empreendedor, cópia de uma residência demolida, nos arredores de Paris, para dar lugar às recém-chegadas ferrovias. No intuito de criar autenticidade e adorná-lo, não poupou esforço e dinheiro; importou tudo o que conseguiu amealhar: desde parte da alvenaria, até o mobiliário. E nesse rico refúgio europeu, o barão Antonino viveu seus anos dourados, ao lado de sua mulher Maria Edwiges e das filhas, Carolina e Conceição.

Os cuidados que antecederam a inauguração do palacete dos Fortes foram minuciosos; os criados limparam-no e arrumaram-no sob o olhar atento de Edwiges, uma descendente de ingleses, mais bem tratada do que bela. O barão convidou toda a elite da província, até mesmo o presidente. Só se ouvia falar desse evento; o mais importante da região naquele tempo. Os espelhos estavam excitados com os preparativos: o entra e sai da criadagem; as meninas correndo no amplo salão e postando-se diante deles... O Gordo não conseguia conter a ansiedade e não deixava de tecer elogios à beleza das pequenas, ainda que admirasse mais os traços de Conceição:

— Você não a acha mais bonita, Solitário?

— Ah, ah, ah, seu palerma; não imagina como esta dondoca ficará enrugada, feia, como um maracujá!

— Deixa de ser presunçoso, Solitário — interpela o Aparador.

— Com esta claridade que rasga os vitrais — continua o Solitário — posso ver além das estrelas... E tem mais, algo me aflige; o final disso tudo não vai ser bom; procuro nem pensar.

No dia escolhido para a abertura oficial do palacete do Engenho Novo, um baile a fantasia aconteceu no grande salão; os convidados ficaram boquiabertos com o requinte do lugar. Os presentes, sob o efeito do champanhe e da surpresa, bailavam e rodopiavam ao som de valsas e polcas; velas projetavam nas paredes e no teto infatigáveis sombras bruxuleantes. O Gordo não se cansava de ironizar, e o Solitário de sentenciar; até o Aparador despiu-se da usual cautela e deu asas à maledicência. Num determinado momento, no qual o frenesi toca o zênite, um ruído hilário e sinistro provoca desassossego no ambiente. A música para por instantes, mas, sem um motivo aparente, recomeça; afinal, pensam, alguém que se excedera um pouco mais o causara. Essa data repercutiu tanto que sobrevive ainda hoje no imaginário popular como modelo de festança.

O barão Antonino Fortes conhece um prestígio ímpar; as festas tornaram-se rotina crescente na mansão do Engenho Novo. Embora uma inquietante sensação inusitada, como o sussurro de vozes ininteligíveis ou a impressão de ser observado pelos espelhos, passava a ser percebida por quem frequentava os concorridos saraus do grande salão, não impediu que essas celebrações se tornassem o palco dos negócios, do exercício do poder, da perfídia e da vaidade. Ser convidado para um desses eventos era motivo de orgulho. Assim, os anos transcorriam marcados por festas intermináveis, no entanto, a cada uma que se seguia, acumulava-se um quê de insólito.

Numa certa manhã, na qual as filhas, agora quase adultas, liam nas confortáveis poltronas do salão dos espelhos, um riso imotivado e cristal quebra, de modo sombrio, o silêncio do local. As meninas correm; Carolina tropeça no pé do Aparador e cai; por um triz, não fratura a perna; uma mucama a socorre. O pânico apodera-se de todos. O Aparador repreende o Gordo:

— Não sei o porquê desta risada; Carolina esfolou o meu delicado pé Luís XV.

— Há tanta luz na minha superfície, que me faz sentir cócegas, ah! — retruca o Gordo.

— Seu imbecil - interrompe o Solitário - gargalhadas temos que as soltar nos bailes, para que ninguém saiba de onde vêm. Amedrontando as pessoas desta forma, o medo de pisar aqui será maior do que o desejo de se esbaldarem.

Na verdade, Solitário tinha razão; se antes eram tão-somente umas esquisitices não levadas a sério, agora esse fato ganhara outro vulto. Como habitualmente acontece, os criados incumbiram-se de espalhar a notícia. Deu-se um disse me disse sem fim, que arranhou, para sempre, a reputação dos saraus. O palacete foi imputado como mal-assombrado; o fascínio cedeu lugar ao terror; o afluxo de gente minguava, paulatinamente. Os espelhos, por sua vez, ficavam amuados e pouco falantes, visto que, com as janelas então fechadas, a luz só penetrava pelas frestas. Quando os empregados as abriam, sob rígida pressão, para limpeza do salão, Gordo e Solitário emitiam uns grunhidos macabros de um bate-boca, os quais faziam a criadagem sumir e alimentar ainda mais o falatório.

Tempos difíceis advieram. Com o palacete cada vez mais vazio, Antonino assistiu, igualmente, diminuir a sua influência e as oportunidades comerciais. Maria Edwiges, com a face já sulcada e uma indisfarçável languidez no olhar, viu Conceição partir definitivamente para Paris, uma vez que iria casar-se, por lá, com o curador de um importante museu, que conhecera numa viagem. Carolina, não muito depois, numa cerimônia restrita aos familiares, pois o receio das coisas apavorantes cerceara uma comemoração maior, casou-se com o Dr. Guedes, um médico cioso de sua profissão. Tolhido do antigo fervor, com as finanças quase exauridas e sem um varão para ajudá-lo, o barão Antonino Fortes entrou num beco sem saída.

A vaidade, às vezes, ensandece os homens; o limite é transposto em prol de ilusões imponderáveis. Andam por sendas tão tortuosas, que, num determinado ponto, não há como recuar ao caminho da lucidez, do senso que nos conduz a um termo possível. Antonino não se preparara para as adversidades e, o pior, relutava em acreditar nos mistérios que o cercavam. Certa ocasião, Edwiges, saudosa dos áureos dias, abre o salão; os sinais do descuido já eram notórios. Entra apreensiva e começa a percorrê-lo vagarosamente; a cada boa lembrança que rememorava, lágrimas deixavam os seus olhos. Pouco a pouco, tranquiliza-se, pois nada de anormal, até então, acontecera; chega a pensar que aquelas coisas estranhas que diziam do lugar era pura boataria, crendices inventadas e propagadas pelos criados e invejosos. Porém, quando parou em frente do Solitário, um gemido agudo e amedrontador invade o recinto.

— Ah, - lamenta Solitário - como supusera, a história se repetirá; irão nos destruir; uma estrada de ferro passará por aqui.

— Malditos usineiros! – exclamaram em coro Gordo e Aparador.

Foi a última vez que alguém da família pisou no salão.

De fato, havia um projeto para a construção de uma ferrovia, que mais tarde não se concretizou, a qual passaria no pedaço da propriedade onde se situava o palacete. Apesar de todos os problemas que se acumulavam, esse desfecho trouxe alívio aos Fortes.

Os anos turvam a vida, os olhos e as faces dos espelhos, que ficaram empoeirados, desbotados e menos refringentes.

— A velha Edwiges está cega, mal se vê em mim – delirava o Solitário na escuridão.

A despeito dos inúmeros obstáculos, Antonino e sua consorte mantiveram o engenho e conheceram a velhice; expiraram na parte ocidental da mansão senhorial. Os últimos anos do barão deram-se mais suaves; obteve o devido reconhecimento pelo seu dinamismo.

Na correnteza do destino, o palacete do Engenho Novo acabou sendo abandonando pelo descaso, pelo medo e pelas mudanças de comportamento que o tempo imprime. Capitula; assiste a seu próprio fim, ruindo, aos poucos, a cada ocaso; uma casa cuja glória, um dia, parecia imorredoura.

Quanto aos espelhos, décadas depois, já muito deteriorados, foram quebrados por andarilhos bêbados, que ali procuravam abrigo; ao esfacelarem-se, não manifestaram o menor sinal de dor. *O acaso os varreu.* No entanto, o comportamento sobrenatural desses objetos não desaparece tão facilmente... Há muitos e muitos séculos, mesmo os seus cacos, se, por ventura, refletirem a luz solar na superfície de outro espelho, tornam-no loquaz, e, assim, perpetua-se o sortilégio. E isso aconteceu; há um que inquieta um local, não distante, na confortável improbabilidade de ser reconhecido.

10.01.15

A intromissão

Na vida, como no mundo onírico,
sonhos dourados e pesadelos alternam-se.

Sobre uma rocha, no ponto mais elevado do terreno, tendo o panorama do lugar à frente e a mata ao fundo, um vinho estupendo foi merecidamente aberto por Carlos e Magda para comemorar a compra da chácara tão aguardada, na localidade e com o relevo sonhados, nos quais construiriam o planejado refúgio. Assim, quando um desejo há anos sob espera se materializa, cada ângulo do sonho se encaixa; a satisfação não cabe na alma e transborda pelos olhos, gestos, no sorriso e na mais elementar das nossas atitudes. O ambiente, a experiência quase etérea de comungar com a natureza, os seus cheiros e os seus sons, os deixaram numa sensação de êxtase. Essa foi a tarde mais iluminada que o casal conhecera, na qual o azul muito relutou em mergulhar no horizonte.

A chácara, de uma cenografia ímpar, da qual se avista todo o vale incrustado de casas das propriedades que se avizinham, está assentada sobre vários terraços, sendo o último uma mata cerrada e cheia de vida. E nesse cenário acolhedor, soltaram a imaginação e o querer, há muito em compasso de aguardo, e tudo o que sempre almejaram foi realizado a passos largos: desde a charmosa residência com sua magnífica piscina, a privacidade assegurada pelos amplos muros, o pomar e a mata devidamente delimitada e cercada. No entanto, a execução desse projeto com espantosa celeridade, o que não deixa de acarretar um cansaço, além de ter sido dispendioso, não os intimidou de concretizar uma antiga vontade de Magda: uma grande festa de inauguração. De maneira que tudo ocorreu como delineado, mas o auge deu-se quando todos se retiraram e, em meio à radiante desordem de um fim de celebração irreparável, Carlos e Magda se lançaram, sob as estrelas, em um carinho que selou todo o propósito; determinação que nunca os abandonara. O afluxo de convidados, entretanto, não decresceu após o evento inaugural, uma vez que o casal possuía um grande círculo de amizades. Volta e meia, um incessante sussurro de vozes, risos, música, que não chegava a importunar, espalhava-se pela circunvizinhança, pois os fins de semana eram dedicados a receber os amigos: desfrutavam da enorme piscina, da coleta de frutas no pomar, do agradável passeio pela mata em que admiravam a preservada flora e fauna, ou das noites de libações que se estendiam quase ao alvorecer. E nessa doce e movimentada rotina consumiram os primeiros anos.

Todavia, em uma determinada manhã não distinta das demais, os dois, mas principalmente Carlos, acordaram, sem mais nem menos, sob o peso de uma grande astenia, de um mal-estar difuso que jamais haviam experimentado. Como essa desagradável sensação parecia disposta a não ceder, recorreram a um amigo e prestigiado clínico que nada encontrou de anormal. O médico, ciente da ocupada vida social do casal, ele mesmo, ocasionalmente, frequentava aquelas incursões intermináveis, conclui que o que se passava nada mais era do que um viver coroado de excessos. Então, com palavras carregadas de certeza, recomenda parcimônia para com as atitudes que impactavam na saúde. Um pouco relutantes, entretanto, quanto à recomendação de certo modo inflexível do amigo, acabaram, nas semanas seguintes, diminuindo os festejos, embora o incômodo continuasse inalterado a despeito da moderação. E como não bastasse, os dois passaram a ter sonhos vívidos, pesadelos, nos quais o enredo era um emaranhado de circunstâncias indecifráveis. Diante do que sentiam, Carlos, várias vezes, resgata da memória a velha empregada da casa dos pais, que não se cansava de dizer que as coisas colocadas, quebrantos, também existiam; contudo, essas lembranças foram rechaçadas num lampejo, pois, afinal, era um homem cético. Já Magda, mais supersticiosa, via no que acontecia um mau presságio, e incute a ideia de que o destino reservava algo que eles não tinham programado. Porém, para não o deixar ainda mais confuso, não divide esse pensamento com o marido. Assim, sem uma alternativa mais plausível, acatam o conselho do médico, uma vez que perceberam que, desde a mudança para a chácara, raros foram os dias nos quais não surgisse um convidado. De forma que, com a modificação no curso da rotina, puderam observar, com novo olhar, o quanto tudo ficara tão belo e ao gosto deles; o quanto os detalhes eram ofuscados pelo entra e sai incessante de gente. Essas impressões atenuaram esse sofrimento inexplicado que os atormentava.

Por sua vez, desde que adotaram o modo de viver mais comedido, passear pela mata ganha importância para o casal; entenderam que caminhar por aquela vibrante quietude seria uma maneira ideal para recuperar o equilíbrio, o vigor. Para tanto, pouco a pouco, passaram a percorrê-la; conhecer os seus limites, que, por sinal, era de bom tamanho e engastada em uma floresta de muitos hectares. Com prazer que ganhava corpo a cada dia, começaram a plantar mais árvores nativas, descobrir que animais ali viviam ou, simplesmente, apreciar o quanto é bom respirar aquele ar incomparável que dela emana. Como em toda a descoberta há um novo interesse que aflora e, por vezes, surge até uma paixão, assim, nessa divertida observação, os dias eram adoráveis, e o tempo voava sem que eles percebessem. E no fluir de alguns meses, acordaram subitamente renovados; como se nada tivesse acontecido. Surpresos, sentiram-se aliviados; aquele padecer obscuro dissipara sem deixar vestígios. Continuaram sem uma explicação razoável em relação ao que suportaram, entretanto a satisfação da melhora foi tão bem-vinda que não mais exigia respostas.

O restabelecimento obtido não os fez perder o hábito de caminhar pela floresta; ao contrário, enxergaram o quanto era oportuno esse costume para não mais se distanciarem do pleno bem-estar. E lá, em uma fresca manhã, sob um imenso jacarandá, concordaram que deveriam retornar à vida social que tanto apreciavam com uma grande festa, semelhante à da inauguração da propriedade. A partir de então, uma impaciente expectativa de realizarem a festança encurtava o dias, e mal conseguiam dormir além do alvorecer. De modo que, em uma dessas manhãs na qual o sol dispersava a névoa e desnudava a mata que surgia na tênue claridade, Carlos e Magda resolveram percorrê-la em companhia de seus cães. O dia prometia ser quente, e o ar estava úmido; conversavam sobre os detalhes do aguardado acontecimento. Porém, quando avançavam em direção ao declive no qual as árvores eram bem mais densas, irrompem, de modo alto e sombrio, ruídos de passos, risos, rangidos envoltos em um vento cortante, que fustigava as árvores e as desfolhava, circunscritos ao local onde o casal estava. Carlos e Magda ficam lívidos e hirtos. Os sauás agitam-se e emitem guinchos de horror. Os cães, antes destemidos, batem em retirada. Esse tumulto horrendo, por instantes, cessava, e, subitamente, voltava causando ainda mais pavor. Quando o barulho iniciava-se, parecia que uma tormenta estava por vir; todavia, por entre os espaços das copas das árvores, o casal pôde observar que o céu estava limpo, livre de nuvens. As asas da imaginação podem nos levar a lugares muito distantes, mas ali era muito real, orquestrado, para ser um voo de um devaneio. Por isso, sem ter a mínima noção do que se passava, só restou a eles correr; por pouco, naquele afã, Magda não cai e machuca-se ao tropeçar em um cipó.

Quando alcançaram a segurança da casa, após se recomporem da inquietação que sobreveio, inicialmente eles pensaram que todo aquele vendaval, com seus ruídos adventícios, fora ocasionado por forças telúricas, no entanto, depois de muito ponderarem, intuíram que se tratava de algo pertencente a um plano inimaginável. Naquela noite, estarrecidos com o que presenciaram, não conseguiram conciliar o sono. Também, havia outra fonte de apreensão que os fez ouvir as badaladas do velho carrilhão: a festa programada para o dia seguinte. Não mais havia clima para comemorações, porém o tempo já não permitia suspendê-la. E sem a mesma cor e animação das anteriores, o que estava acertado realizou-se. Durante a recepção, Carlos e Magda não circularam pelas mesas com a mesma desenvoltura e simpatia habituais, e, de mais a mais, nem alcançaram a serenidade na qual pudessem celebrar o regresso da saúde que tanto haviam desejado. Em seus semblantes, era notório, apesar de tentarem dissimular, um quê de dúvida, de pânico.

Apesar da apreensão e da insegurança que pairavam sobre eles, o dia a dia transcorria sem novidades. Voltaram até a passear pela mata, entretanto, Magda, reticente, não mais pisou onde deu-se o estranho fenômeno, uma vez que o lugar a inquietava; só conseguia chegar um pouco antes das imediações. Para abrandar esse desassossego da mulher, Carlos, sempre que o momento era oportuno, tentava acalentá-la; conter essas impressões que, ainda, muito a atemorizavam. Em uma dessas conversas, deitados, na qual Magda está prestes a entregar-se ao sono, Carlos, de si para consigo, conjectura que nesse universo há muita coisa que desconhecemos, e que a humanidade vira as costas, seduzida pelas explicações incompletas da ciência e pelas distrações dispersantes que a tecnologia nos abarca. Afinal, pensa, hoje, já não é usual olhar para o mistério, para o firmamento, para a magia das coisas elementares que nos cercam, pois, em não poucas vezes, comburimos o nosso tempo com vanidades e tolices que nos dão uma falsa noção de proteção e saber; uma ilusória ideia de que a vida e o mundo se resumem nessas expectativas, nessas atitudes comezinhas que nos envolvem, que nos arrastam pelos anos, fornecendo respostas parciais, imperfeitas, acerca do nosso destino, da nossa efêmera existência nessa imensidão incomensurável na qual estamos inseridos. Absorto demais nessas reflexões para permanecer na cama, ele a acaricia e vai para a varanda; toma uma taça de vinho. Carlos vê a Via Láctea iluminando a propriedade, o céu, viajando numa velocidade astronômica, mergulhada na vastidão impenetrável. Essa imagem magnífica desfaz suas inquietações; chega a achar natural, apesar de assombroso, o fenômeno que vivenciara. Entre o seu refúgio e os confins do firmamento, havia uma imensurável possibilidades de dúvidas, potências, de mistérios, os quais, de certo modo, tranquilizavam-no, uma vez que intui que não perdera a sanidade; apenas entrara em contato com um acontecimento incompreensível à luz dos nossos limitados conhecimentos. Essas reflexões, por mais desafiadoras que fossem, deram um norte aos seus pensamentos. Então, apesar de ilógico, Carlos constrói uma cerca, isolando parte da mata do local no qual presenciaram cenas quase inverossímeis. No entanto, ter de abandonar aquele lugar de rara beleza, impulsionado por um temor de algo ininteligível que, principalmente, afligia sua esposa, foi um duro golpe em seus corações, visto que o que mais queriam era a tão sonhada fresca e ampla liberdade do campo, agora ameaçada por um ente desconhecido que transgredia a razão.

Como o poder dos símbolos e da fé em algo têm, por hábito, nos confortar, assim, aquela cerca posicionada como uma quimera proteção forneceu a Magda um pouco de tranquilidade para voltar a desfrutar aqueles recantos. Contudo, com o escoar do tempo, retomaram a rotina; já não os incomodava o pedaço excluído da propriedade, uma vez que havia, além disso, uma boa parte da floresta e todo o enorme quintal para usufruírem. Sem desviar do velho preceito no qual o entretenimento é fácil de se encontrar quando o queremos, Magda volta a circular à vontade ao pé da mata envolvida com suas flores. Tudo conspirava para a antiga normalidade, além de um alento a mais: permaneciam livres daquele cansaço enigmático. Em uma bela manhã de verão, todavia, os dois, envolvidos nos cuidados com as plantas, já começavam a pensar em terminar com seus afazeres e descer, pois o sol, quase no zênite, ficara inconveniente, quando, de súbito, Carlos sente que aquela coisa espúria, um crescente farfalhar sinistro, aproximava-se. Ele procura desviar a atenção de Magda, que estava um pouco abaixo, e a chama, com insistência, de modo a evitar que ela percebesse o intruso fenômeno, pedindo-lhe que fosse rápido ao portão da casa, fazendo-a crer que alguém chegara. No entanto, entregue à beleza de algumas orquídeas a que se dedicava, ela não lhe dá ouvidos; quando se dá conta, é pega de assalto no meio da assustadora confusão. O tempo fecha-se; um vento gélido e indomável turva a visão com tanta poeira, como se estivessem dentro do olho de um tufão. Correm de modo visceral morro abaixo, mas sons indecifráveis e arcanos os acompanham por alguns instantes. Esse episódio transgredia a mais elementar regra do bom senso; a mais elementar regra da razão. Ao se verem livres, atiram-se nos sofás sem palavras, sem forças; os olhos de Magda assemelhavam-se aos de um animal sob as garras de um predador. Esse rumoroso incidente insólito, pensaram, pertencia ao imponderável, o qual não havia mais o que se comentar, ou reivindicar uma atitude possível.

Os dias, agora, imersos nessa agonia, desfiguravam a realidade como um sonho que insiste em se repetir. Não havia a quem interceder, a não ser Deus, visto que esses disparates só aconteciam na presença deles. Em não poucas vezes, com perguntas sutis, Carlos procura saber, nas imediações, se algo semelhante manifestara-se ali anteriormente. Em várias ocasiões, em momentos de muita angústia, ele, então, chega a pensar que o que ocorria poderia ser uma alucinação compartilhada, motivada pelo enredo de algum conto fantástico, estilo que apreciavam, que viera à tona; que saltara das páginas e os interceptara. Magda, por conseguinte, ficara transtornada; o que restara daquele sonho tão cobiçado era uma infundada esperança de que tudo cessasse. Carlos, por outro lado, a despeito dos obscuros fatos que vivenciara, ainda assim, estava ligado àquele lugar; não perdera o laço afetuoso com seu pequeno paraíso. Embora aquelas situações o afligissem, ele nutria a perspectiva de que, em um determinado momento, aquela coisa estranha sumisse, afinal, nada perdura para sempre. Certamente, um dia, pensava, haveria uma explicação lógica para aquilo. Ocorre que, apesar do vínculo afetivo, Carlos oscilava entre o desejo de ficar e a quase convicção do malogro de permanecer ali. No entanto, não quis curvar-se diante desse inconcebível destino, e reivindica uma última chance: manda construir um muro de alvenaria, alto e robusto, isolando a parte distal do quintal e toda a mata; mesmo sabendo, no íntimo, que essas barreiras físicas não isolam o que pertence ao insondável.

Mas o aparato de proteção instituído não restabelece o sossego; Magda, só de olhar para o quintal, sente irromper na alma o medo. Acuada ao redor da casa, dividida entre teimar em mudar e desagradar o marido, que relutava em deixar o local, Magda vê seus dias transformarem-se em um tormento. Desde então, perdera quase todo o ânimo para realizar o que era de costume. Quando saía para resolver algo, arranjava inúmeros pretextos para que a volta demorasse. Obviamente, Carlos não se importava e fazia de tudo para agradá-la, se bem que pouco conseguia persuadi-la de esquecer o que a atemorizava. Quando o sol declinava, e a noite despontava, trazendo material para os ardis da fantasia, as lembranças emergiam de modo irrefreável. Todavia, o que conforta, o deslizar da rotina detém o poder de arrefecer as tensões, turvar as recordações e equacionar os dilemas. De maneira que os meses foram passando e avolumaram-se em alguns anos acomodados na nova situação. Voltaram a cuidar do quintal, recebiam os amigos em festas, e Carlos, eventualmente, subia até a mata, por meio de um portão que deixara no muro, para verificar o estado dos mourões da divisa; não perdera o hábito de comover-se com o encanto de sua vegetação. De quando em quando, recordavam-se do que ocorrera, porém um pacto íntimo fora instituído e nunca comentavam aquelas circunstâncias estranhas. Magda, desde então, se convencera de que o correto era ficar; aquela coisa obscura evolara-se.

Era uma tarde de inverno; o céu estava limpo e fazia frio. O casal senta à mesa para comer uma broa que acabara de assar. Retomam a conversa a respeito de uma viagem longa que programavam. Houve um silêncio repentino; ambos lembram que, naquele dia, completavam-se oito anos que ali moravam; nenhum dos dois tocou no assunto. Pouco depois, Carlos escuta um uivo alto de um dos cães; o som o assusta, pois os cachorros não tinham esse costume. Quase imediatamente, um frêmito inquietante prenuncia o que ele já presume. Magda compreende o que se aproxima. Levanta-se, corre em direção ao marido e o abraça, mergulhando a cabeça no peito dele. Carlos tenta reordenar-se; procura desesperado uma ponta de equilíbrio para apoiar-se, mas uma aflição difusa o envolve. Quando aquele assombro começa a sacolejar a porta da cozinha, a qual dava para o jardim, e traz o conhecido vento repleto de ruídos que parecia entrar pelas paredes, a situação torna-se intolerável para os dois. Magda, com a voz quase embargada, agarra-se ao marido; seu pranto surdo, de modo sinistro, reverbera-se em horríveis risos vociferantes pelos cômodos da casa. Carlos, premido pela necessidade, toma uma decisão que lhe custou caro e que tanto evitara; num átimo, segura a mão de sua mulher com força e a impele a correr em direção à ampla escadaria que conduz ao portão principal. Sentem, sem ter coragem de virar para olhar, que a casa vibrava em um descompasso macabro. Com passos decididos, abandonam o local.

Quem ler essa história há de convir que foi perturbador como tudo aconteceu. Um sonho delineado lentamente, como em uma pintura clássica: tanto na necessidade de implementá-lo, como no anseio de usufruí-lo; que se transformou, no mesmo ritmo, em pesadelo, desmoronando aos poucos, ante os olhos incrédulos dos que relutaram a acatar os avisos do desconhecido.

Faz um par de anos que a chácara foi vendida, com os cães e quase todos os pertences; não há notícias de fatos atípicos.

14.12.2017

As escadas de Angélica

Viver é a arte incansável de soerguer a esperança.

Talvez tenha sido o domingo mais ensolarado e feliz de suas vidas o daquele almoço inesquecível, uma massa feita com doses imensuráveis de alegria, no qual Carolina fizera, em meio à ansiada mudança, para o seu marido, o doutor Humberto Latorre, e as filhas, Ana e Angélica.

O doutor Humberto Latorre era um laureado clínico que acalentou, durante anos, juntamente com Carolina, o sonho de construir uma casa aos seus modos. Foi um desejo tão aguardado que o transferiram para as filhas, embora tivessem pouca idade. Todos, de algum modo, participaram da elaboração do detalhado projeto, no qual o arquiteto, um primo de Humberto, valorizou a inclinação natural do terreno, criando quatro ambientes muito distintos: no primeiro piso, o da entrada principal, situavam-se as salas, a biblioteca e a cozinha; o segundo era reservado aos aposentos da família e dos hóspedes; o terceiro piso dera lugar à lavanderia e às acomodações dos empregados e no quarto, o nível mais alto, havia um pátio com a piscina, o jardim e a garagem. A casa foi edificada, de maneira estratégica, numa esquina, entre duas ruas paralelas; a entrada principal localiza-se na rua de baixo, e o pátio confronta-se com a de cima. Essas ruas são cortadas por uma transversal, que coincide com uma face lateral do imóvel. Numa época em que o bairro recém-inaugurado era apenas um lugar promissor, reduto de profissionais liberais e comerciantes em ascensão, a construção daquela casa monumental causou espanto.

A casa, com suas escadas que davam origem a ambientes diversos, era um encanto e uma novidade não só para as meninas, mas também para os que iam conhecê-la. Não foram muitos os anos nos quais Angélica pôde subir as escadas até o pátio e descê-las sem restrições, ao explorar cada canto e brincar com sua irmã mais velha, Ana, ou ajudar a mãe no cuidado daquela imensidão. Assim, quando a puberdade começou a modificar o corpo de Angélica, trouxe algo raro e devastador: suas articulações começaram a ficar inchadas e inflamadas; ocasionavam muita dor e períodos de imobilidade, que acarretavam tanto sofrimento quanto o de não poder percorrer os espaços que lhe proporcionavam tanto prazer. Todavia, como no início de sua doença ela ainda não conhecia a maturidade, que desnuda a consciência e tolda para sempre a inocência, no momento em que a poliartrite concedia uma trégua, ela retornava ao entusiasmo anterior. Entretanto, não tardou para que essas pausas fossem amiudando-se, ao revelar um mal progressivo e deformante. O pai impotente diante da gravidade do quadro clínico de sua filha, não poupou recursos e a levou a um insigne reumatologista, em Edimburgo, na Escócia. Mesmo diante das orientações desse eminente especialista, a doença não cedeu e galgou um curso inelutável e cruel.

Em poucos anos, aquele corpo gracioso desfigurava-se numa insólita rapidez; adquiriu uma cifoscoliose e juntas corrompidas com nódulos que brotavam como cogumelos. No seu quarto, havia um grande espelho; todo dia ela contemplava, num sereno desespero, seu encanto ser roubado, sua juventude ser ceifada, à medida que esvaziava seus sonhos e delimitava os seus movimentos num círculo cada vez menor. A não ser seus pais e sua irmã, ninguém a viu chorar ou lastimar-se do que o destino lhe reservava. Ocorre que o sofrimento tem um poder paralelo, o de escancarar os portões do autoconhecimento. Desse modo, num instante de grande desassossego da alma, Angélica decide que a melhor conduta seria fazer daquela casa o seu mundo; um universo particular, e dele extrairia, de cada pedaço, coisas inimagináveis, mesmo para quem ali habitava. Desde então, seus dias passaram a transcorrer sob essa ótica advinda da autoconsciência recém-adquirida. Para tanto, cada detalhe dos móveis, dos adornos, das tapeçarias, da alvenaria eram exaustivamente estudados, admirados, e passaram a ter uma relevância muito maior do que havia para além dos limites do amplo lar. Portanto, dos pormenores mais singelos, ela molda o seu mundo, regado, além disso, por leituras e pela expectativa de receber visitas, tão bem-vindas, visto que quebravam a inevitável rotina.

As deformidades que seu corpo contraíra não anularam a graça do seu rosto. Seu andar, agora bamboleante, imprimia nas pessoas uma dualidade de sentimentos; ao mesmo tempo em que infundia compaixão, despertava a repulsa, a angústia de saber que a vida pode golpear-nos a qualquer momento, levar-nos à deriva, como um navio fustigado por vagas intempestivas e incessantes. Embora o pai e os especialistas advertissem Angélica para que não transitasse tanto nos muitos ambientes, enquanto podia, sem a sanção deles, continuava a subir e descer os degraus. Com certo esforço, diariamente, ela ia até o pátio e contemplava as rosas, as tulipas, as amarílis; tão bem cuidadas pela mãe para que ela pudesse admirá-las. Angélica fechava os olhos e lembrava-se de quando brincava de amarelinha, de ciranda... e que agora era só recordações, ainda que, de alguma forma, saciasse a sua alma. Em contrapartida, Carolina mergulhara numa profunda melancolia, conquanto dissimulada, convertendo os seus dias numa dedicação incansável para com a filha; se bem que, na solidão, se derramasse em lágrimas. Talvez fosse mais inconformada com o fado que a filha recebera do que a própria Angélica, e esse lúrido sentimento destruiu toda a sua alegria anterior. Quanto a Ana, apesar de atenciosa e carinhosa com a irmã, seguia o curso normal de uma jovem; estudava no colégio de freiras da cidade e já namorava um advogado com o qual mais tarde se casaria. A despeito de todos os contratempos que o inamovível reumatismo impunha, a vida de Angélica prosseguia no compasso de um relógio preciso. Mesmo diante da clausura que impusera para si, numa determinada fase, ela não passou imune a uma paixão, e viu-se em apuros com esse afeto; seu coração refreou o quanto pôde a dor e o deleite de um amor que nunca seria correspondido. A superação desse episódio consolidou, de modo inconteste, as escolhas que já elegera.

O dever irrefreável do tempo persegue a sua devoção; dá a continuidade inabalável para que os fatos aconteçam e a história seja escrita. Assim, Ana casa-se e abre um vazio no âmago de Angélica, que, a partir daí, aumenta a sua entrega à casa e aos pais. Desde então, também toma gosto pelas janelas. Observar o ir e vir das pessoas; poder cumprimentá-las e averiguar, em tardes infinitas, o horizonte que se atulhava de edifícios a cada ano, atenuava sua solidão e ampliava suas expectativas. Nas soleiras das janelas, com a mão desfigurada apoiando o queixo, conjecturava que, apesar das mazelas, sua existência ainda era amena; coisas piores via com os próprios olhos. Contudo, como no viver não há como evitar os sobressaltos, não muito depois uma tragédia sacode o seu espírito: o falecimento da mãe, vítima de um tumor avassalador, e a perda do cunhado, morto num acidente automobilístico. O céu quase desaba sobre seu frágil corpo, mas como do infortúnio aprendeu a extrair a esperança e a tenacidade, soergueu-se e foi um cajado para o pai e a irmã.

O doutor Humberto Latorre agarrou-se como uma árvore ao chão à vida, uma vez que, depois desses baques, teve como objetivo maior amparar Angélica, e de cuidados mais cercaram-na. Todavia, o nosso inverno é inexorável; como uma folha seca que desaba do galho, sucumbe de modo repentino. Ana, então, acaba retornando ao abrigo do antigo lar e, gradativamente, torna-se cúmplice do universo que sua irmã concebera. O desencanto, que a viuvez inesperada e sem filhos causava-lhe, cedeu lugar aos mistérios do seguro e circunscrito mundo de Angélica. O prazer de deixar cada pequeno pedaço da casa numa arrumação impecável; o desvelo com as flores do jardim como na época de sua mãe; as pausas para as leituras e a satisfação em receber os amigos que as procuravam, preenchia o vazio deixado pela perda do seu grande amor.

Os anos decorriam; mudavam as pessoas e os costumes, no entanto as irmãs mantinham-se numa mansidão que só era rompida quando, muito eventualmente, reacendia o medo de que uma delas ocorresse faltar. Porém, o tempo, com seu jeito tácito, sulcava suas faces e arrebatava, aos poucos, os entes com os quais se relacionavam. Mas o porvir reservava mais. Outra forma de tristeza e isolamento deu entrada na vida de Angélica. Ana, não tão idosa, perdia, a passos largos, a memória; vagava pela casa como uma estranha, um intruso espectro. Uma atmosfera sombria usurpou a felicidade de antes, agravada pelo prematuro e impensado fim da irmã. Entretanto, essa nova armação que o destino pregou-lhe não foi capaz de impedi-la de superar mais essa desventura; apesar da enfermidade, seu coração permanecia firme, permitiu não só que a velhice ancorasse, mas se estendesse para uma década que já não era sua. De maneira que, quando o peso dos anos suplantou a deformidade em maldade, o abandono assenhoreou-se da casa, momento no qual a vasta residência foi invadida por parentes distantes e desconhecidos que chegavam com a desculpa insolente de olhá-la. Apoderaram-se dos níveis superiores; só o piso debaixo ficou para Angélica, que passou a levar um exílio de privações, no qual não faltou desdém nem asco, na biblioteca saqueada; agora, tinha como única companhia o leito. E às voltas com seu lar violado, repleto de passos e vozes estranhas, Angélica experimenta, pela primeira vez, um sentimento que desconhecia a luz da esperança.

Numa clara manhã, o silêncio, de muito ausente, e o brilho da saudade evocam o clima de outrora na casa que perdia a identidade. Angélica, amparando-se, deixa a antiga biblioteca, impelida por uma sensação de dever, e dirige-se às escadas. De gatinhas, escala os degraus, em meio à poeira e cheiros alheios, em busca dos sussurros da infância, das lembranças; cada lance que galgava, rememorava os anos como num filme. Por fim, ao chegar ao pátio, no qual o descuido deixara o mato abraçar as roseiras, surpreende-se com uma menina que brincava distraída; a criança ao vê-la, se espanta e grita. Angélica sorri um sorriso desdentado; nesse instante, seu coração, num latejo forte, a trai; expira, esboçando alegria.

23.06.15

O enigma do templo

O homem é o que ele acredita.

Anton Tchekhov

Uma das mais remotas e arcanas tradições herméticas, conta que houve um tempo na terra, possivelmente uma dúzia de milênios, no qual viveu uma estirpe de homens totalmente dedicados à causa de Deus. Tentaram, tudo leva a crer, redimir o pecado de Adão por suas obras e, como prêmio, receberam das primeiras emanações (substantivo aqui empregado para designar um conceito que os cabalistas e gnósticos também lançaram mão) de Deus o seu verdadeiro nome e seus intentos. Quem de realmente virtude leu, lê ou lerá esse *livro, registro sagrado,* cunhado no mais alvo e duro granito, banha-se do verdadeiro conhecimento; embora, como nossa mente limitada frente a ele não é capaz de compreendê-lo na plenitude, interpreta, de certa forma, ao nosso modo humano, e em decorrência criaram e criarão notáveis feitos, como as grandes religiões. Também, reza essa herança, que os antigos patriarcas bíblicos, Buda, Cristo e Maomé leram-no e dele derivaram os seus ensinamentos. Igualmente, a mesma arcaica fonte nos adverte que esse *livro* nunca perece, e quem o toca com as mãos ou com os olhos desprovidos de santidade padece irrevogavelmente no reino de Hades; no entanto, o *registro sagrado*, uma vez maculado, desaparece (desmaterializa) e oculta-se até que alguém, com a alma verdadeiramente pura, o encontre, o chamamento geralmente se dá em visões em que o próprio Deus aparece ou em sonhos reveladores.

Era um daqueles verões escaldantes que o mediterrâneo proporciona. O napolitano e professor de arqueologia de uma prestigiosa universidade romana, Andrea Scognamiglio, estava sentado em um luxuoso café nas imediações da Piazza Navona. De pernas cruzadas, fumava e sorvia refrescantes goles de um *prosecco*, observando o vaivém dos turistas. Bem-apessoado, moreno, alto, nutria certa paixão pelo apuro ao trajar e por carros de luxo, além de outros mimos que a vida pode nos oferecer. Dedicara aquela tarde ao ócio, enquanto aguardava a revisão de seu maseratti. Entretanto, essa momentânea pausa foi repentinamente interrompida ao soar o seu telefone celular. Quem o chamava era um colega da época da graduação e doutoramento na Stanford University, o americano Daniel Katz, que há alguns anos não o via.

— Como vai o garbo amigo Andrea, ainda com as excentricidades, colecionando carros e camisas?

— Que prazer incomensurável ouvir a sua voz; você sempre soube que sua presença me é dileta. Além dessas coisas que cultuo, atualmente coleciono esculturas, afinal sou um italiano. Sinceramente, semanas atrás, pensei em ligar para você ao saber que, recentemente, assessorou a nova etapa de escavações, na Sicília, do templo C em Selinonte. Está com inveja do meu bronzeado, Katz?

— Vejo que você continua incorrigível! De certa forma sim, viver na Itália é um privilégio; mas necessito urgente de sua ajuda. O que vou falar é confidencial.

— *Molto bene,* Daniel!

— Andrea, você bem conhece que a minha paixão por relíquias vai muito além do meu ofício, *e como a ambição do homem frequentemente suplanta a razão.* Quando escavava o templo de Apolo, por incrível que pareça, encontrei um vaso de cerâmica lacrado e íntegro, contendo um pergaminho extremamente conservado no seu interior.

— Que coisa incrível, Katz, faz-me lembrar os Manuscritos do Mar Morto em Qumran.

— Fiquei estupefato! No entanto, em vez de entregá-lo à equipe responsável pelos trabalhos, acabei por dele me apoderar indevidamente sem que eles percebessem. Pelo menos era o que presumia. Ledo engano, agora estou recebendo ameaças; suspeito que sejam da máfia, pois não são das autoridades sicilianas.

— Acredito que não, Daniel; a máfia está combalida. Deve ser de alguém que ficou sabendo da sua existência e quer, como você, possuí-lo. Muito provavelmente trata-se, deveras, de um achado extraordinário. Então, o que diz o texto? Estou ansioso!

— Está redigido num dialeto Occitânico, esses que você tão bem domina e pouco conheço, por um tal, suponho que seja um cátaro, Guido de Cluny. Não compreendi na totalidade, porém é uma citação obscura, que relata a existência de um *livro ou retábulo,* em um inquebrável granito branco, dizendo o verdadeiro nome de Deus e seus reais propósitos. Segundo informa, está enterrado em Agrigento, no Templo da Concórdia, entre duas colunas dóricas, logo após o término da escadaria, numa linha imaginária que passa pelo vértice do frontão. Contudo, traz uma severa advertência: só pode ser olhado ou tocado por pessoas de espírito imaculado.

— É realmente uma mensagem enigmática - comentou Scognamiglio - todavia, espero que não esteja acreditando nessas parvoíces concebidas pelos albigenses.

— Evidente que não; o nosso racionalismo científico não nos permite dar crédito a essas invencionices. Estou com medo é das intimidações.

— O que de fato pretende fazer com o pergaminho, Daniel?

— Inicialmente, compartilhar com você esse segredo; e o seu auxílio na tradução nos pontos que não consegui elucidar. Irei buscá-lo em Berlim, onde o guardei a salvo com um grande amigo insuspeito. Há algum empecilho em visitá-lo em duas semanas?

— Será um prazer. Eu e Giulia iremos recebê-lo com uma boa massa e um elegante *chianti.* Dê lembranças a Elizabeth.

No crepúsculo da noite de um dia límpido, quando as estrelas começavam a brilhar distantes, Andrea compareceu em frente a um hotel muito próximo da Piazza di Spagna. Viera buscar Daniel e Elizabeth que chegaram de Berlim no início da tarde. Como os dois ainda não haviam descido, resolveu dar alguns passos para contemplar a praça; sempre apinhada de pessoas nesse período do ano. Por instantes, ficou ali absorto vendo o frenesi costumeiro que tanto gostava de admirar. Ao desviar o olhar, percebeu que eles já estavam na calçada esperando-o; notou que o americano portava uma valise que segurava de modo cauteloso. Retornou apressado; cumprimentaram-se numa satisfação incontida; seguiram para sua casa, visto que Giulia os aguardava para o jantar.

Foi uma reunião memorável. Conversaram de maneira espontânea e vivaz sob os auspícios dos vários sentidos que afloram em ocasiões como essas; sobretudo porque havia um longo período que não se viam. Apesar disso, em nenhum momento comentou-se o motivo dessa súbita vinda a Roma; *urdiram um obsequioso silêncio proposital*. Então, após o término da ceia, quando Giulia chamava Elizabeth para conhecer as novas esculturas que o marido adquirira, Andrea convidou Daniel para dirigir-se à sua ampla biblioteca, que também exercia a função de escritório. Ao fechar a porta, o italiano não tardou a inquirir:

— Que mãos o guardavam em Berlim?

— As do nosso ex-professor e estimado Thomas.

— Bem que ele dizia que um dia voltaria para sua cidade; como ele está?

— Forte como um viking.

Nesse instante, o americano depositou sua maleta sobre uma grande mesa de mogno e a abriu. Nela, cuidadosamente amparado, havia um cilindro de vidro contendo o pergaminho no seu interior; mesmo antes de retirá-lo, Scognamiglio percebeu o seu ótimo estado de conservação. Com movimentos suaves, Katz calçou uma luva, de um fino algodão, e o desenrolou diante dos curiosos olhos do napolitano. Este, de modo ligeiro, apanhou uma lupa e começou a lê-lo atentamente. Não era um texto extenso, apesar de conter letras muito pequenas, razão pela qual a mudez se impôs no ambiente por mais de meia hora. Ao finalizar a versão, disse admirado:

— É uma descoberta arqueológica notável; inaudita. Talvez esse *livro ou retábulo de granito,* já que o escrito não é claro, como você bem percebeu, seja de uma seita desconhecida que inspirou a doutrina dos cátaros. Para quem se intitula pouco conhecedor dessas línguas, sua compreensão está ótima. O que pretende fazer com ele?

— Em tempo oportuno, com seu apoio, se me conceder, apresentá-lo-ei à comunidade científica. Por ora, deixarei com você para que o estude melhor e, depois, porventura, empreender uma expedição até o Templo da Concórdia à procura da tal relíquia, se, de fato, ela existir. Amanhã, parto para uma viagem de duas semanas pela Costa Amalfitana; Elizabeth ainda não conhece esse local fascinante. Durante essa temporada, poderei ajuizar com tranquilidade o caminho a seguir. Todavia, devo admitir que estou muito apreensivo; as intimidações que lhe reportei, retornaram. Pude averiguar que provêm da Sicília.

— Não se preocupe, Daniel, não há de ser nada.

Três dias depois, Andrea embarcara em um voo para Palermo. Passados alguns minutos da decolagem, ele abriu o jornal *La Repubblica* que lhe ofereceram. Percorria as folhas despreocupado, quando, de súbito, viu uma matéria que narrava o acidente, seguido de morte, do casal afeiçoado. Ocorrera na estreita estrada da vertiginosa e encantadora encosta à beira-mar próximo a Positano; o carro em que se encontravam despencara. Segundo a notícia, todos os indícios apontavam para um atentado, uma vez que as autoridades responsáveis, ao realizarem uma perícia preliminar, constataram que houve, de modo proposital, a danificação do sistema de freio do veículo. Durante quase todo o percurso, ficara estarrecido, imóvel. À medida que a aeronave preparava-se para aterrissar, o grande rochedo que se avista à direita da pista do aeroporto *Falcone e Borsellino* imprimiu no espírito de Andrea uma intranquilidade que poucas vezes vivenciara.

Imediatamente ao chegar, apanhou um táxi em direção a uma *villa* nas cercanias da capital siciliana. O automóvel transpôs um decorado portão de ferro que estava aberto e o deixou diante de uma bela mansão em estilo mediterrâneo cercada de oliveiras. Atormentado, não sentiu o aroma da lavanda e do alecrim que o rodeavam. O sol ainda brilhava forte. Tocou a campainha; convidaram-no a entrar. Pediram-no que aguardasse numa ampla sala. Não demorou para que Don Vito Mazzini surgisse. Este colecionador de arte que aparentava ser quase um octagenário, era o *capo* da família a que pertencia Andrea Scognamiglio. Saudaram-se cordialmente. Sentaram-se um diante o outro. Don Vito apoiando as mãos no protuberante abdome que denunciava o gosto pelos prazeres da mesa, perguntou em tom de surpresa:

— Você está com a fisionomia sisuda, o que houve?

— Consternado com o desfecho que impuseram a Daniel e Elizabeth. Esse assassinato era prescindível. Ademais, em nenhum momento aludimos a tal possibilidade.

— Inicialmente, professor, o senhor não deve interferir nos mandamentos da nossa organização e, como ficou bem evidente, esse americano estava estorvando os nossos negócios. Esse pergaminho e o provável livro de granito, que pode existir, como me falou, renderão uma fortuna inestimável para nós..., e manter seus luxos Andrea, não fica barato...

— Mas a Elizabeth...

— Caro professor, *a fidelidade deve caminhar junto, independentemente para aonde for...*

Nessa altura, o diálogo foi interrompido pela entrada de uma criada que trazia café, biscoitos com amêndoas e vinho Marsala; comeram e beberam com aprazimento. Em seguida, o anfitrião retornou ao colóquio:

— Telefone para sua senhora e diga-lhe que passará uma estada inadiável conosco; ela concordará. Já intercedi junto aos responsáveis pela administração do Vale dos Templos, em Agrigento, solicitando uma licença para que você possa escavar durante a noite por um período indeterminado, pois o sítio é naturalmente iluminado, portanto sem dar margem a suspeitas. Escalei para auxiliá-lo o Nino, não se assuste, um homem de feições grosseiras e intelecto curto, contudo, de uma sujeição canina para com a nossa família. Se possível, inicie os trabalhos amanhã.

Transcorrera uma semana na qual o professor de arqueologia e seu subserviente assistente, que apesar da leve estreiteza mental não se portou de modo inábil, passavam as noites, entre cricrilares e pios agoureiros, à procura do objeto, dito sagrado, que amaldiçoa, quem de não virtude o depare. O isolamento das noites o fez perder, em alguns instantes, o seu pensamento racional e a temer a severa repreensão. No décimo-segundo dia, recebeu um telefonema de sua mulher, informando-lhe que a polícia concluíra as investigações a respeito do crime. Pelas características da forma como executaram, incriminava a máfia como a provável culpada. Houve um momento de pausa, que se seguiu à confidência de toda essa embaraçosa tragédia e um pedido: se algo de sério ocorresse com ele, ela deveria esquecer a lei do silêncio (*omertà*) e comunicar tudo à polícia. Giulia ficara arrasada.

Embora estivesse um pouco distante de o outono estampar sua marca, a noite estava clara, desde o horizonte ao zênite, e fria, com lufadas de vento dançando numa euforia pelo imenso descampado. O cansaço já apossara do semblante de Andrea, na mesma intensidade que retornara um medo por um inconcebível desenlace apocalíptico. Teve um ímpeto de abandonar essa insondável busca, todavia, Don Vito não toleraria. Agachado numa fenda que escavaram, esquadrinhava cada palmo da cavidade com o auxílio de uma espátula quando, de modo inesperado, tocou em uma placa de granito cuja brancura era indescritível; inconcebível para aquele horário. Numa excitação acompanhada de incredulidade, rasgou aflito a terra que a envolvia e viu que ela estava repleta de inscrições ilegíveis em toda a sua superfície. Eufórico, gritou Nino, que distava uma dúzia de passos, recolhendo entulhos. Apressado, o ajudante correu tropeçando em cascalhos. Ao chegar, assombrado, viu a imagem do professor se movimentar de modo flamejante ao capricho do vento que, progressivamente, adquiria formas horrendas cambiantes, até se decompor num rodamoinho que emanava uma luz azul ofuscante para, num destino impensável, desaparecer veloz rumo aos confins de um inescrutável abismo. Lânguido, o pobre do amouco desceu ao buraco e começou a cavar compulsivamente, conquanto nada encontrasse. Seu intelecto, privado de discernimentos mais profundos, era incapaz de assimilar tal enigma.

Nino esperou amanhecer, premido por infindáveis dúvidas e o receio de repreensão, para regressar à casa de Don Vito. Lá, um serviçal lhe informou que o *capo* fazia a sesta; mesmo assim, ele insistiu que o chamasse. Arrastando os chinelos e com ar de sono, o velho chefe, de modo severo, perguntou sem cortejá-lo:

— O que faz aqui sozinho?

— Padrinho, o professor transformou-se num fantasma e sumiu terra adentro.

— Seu idiota! Ou você dormiu e o deixou escapar, ou está de conluio com ele.

— Padrinho, acredite em mim; o senhor sabe como o respeito; estou confuso, arrasado. Ele deve ser um mágico ou uma coisa diabólica.

— Suma, seu verme!

Cabisbaixo e com coração confrangido, Nino acabara de descer os degraus que davam acesso para a portada do casarão no momento em que, não mais que de repente, um dos homens da proteção de Don Vito desfere um tiro pelas costas que o golpeou ao chão sem vida. Seu corpo jamais foi encontrado.

O venerável mafioso, colérico, pôs em prática um rastreio infrutífero pela ilha e pelo continente à cata de Andrea. *Contudo, quando o anseio beira uma obsessão, a razão é aniquilada pela volição.* Assim, Don Vito, nesse ínterim, fora acautelado a prevenir-se, dado que a máfia, mais especificamente ele e sua família, eram os prováveis suspeitos do atentado do casal americano e do sumiço do napolitano. A despeito do aviso, não deu ouvidos a ninguém, uma vez que sua prepotência fora construída por uma vida de desmandos e impunidade. Resolveu, em pessoa, tomar frente, em Roma, da procura do arqueólogo e de sua suposta descoberta. Pouco depois de pisar na *Cidade Eterna*, um grupo de elite de *Carabinieri*, após uma denúncia anônima, o aguardava no aeroporto internacional Leonardo da Vinci.

Decorrido alguns meses, Don Vito Mazzini faleceu de um infarto numa prisão romana sem violar a *omertà*.

Giulia imigrou, e hoje vive segura num país europeu, ainda que inconformada com o desaparecimento do consorte; presume que ele tenha sido exterminado.

Pode parecer inverídica, mas de fato essa história aconteceu. *Muito além das palavras, na poeira dos tempos, o mistério autoalimenta-se, prossegue; basta persegui-lo.*

Além do portão

Nas asas do desconhecido, o improvável torna-se realidade.

De alguma forma, eu sempre me comportei de modo um pouco diferente, exótico para as pessoas com as quais convivi e conheci. Essa impressão tomou corpo quando construí, na minha propriedade, uma réplica, em escala mais modesta, de um castelo solene que conheci no norte da Itália, próximo à divisa com a Eslovênia, o qual me custou parte de minhas economias e quase uma dúzia de anos. Praticamente em cantaria, ele destoava de tudo o que havia na região, o que insuflou mais mistério sobre minha vida. E para acentuar ainda mais essa imagem de estranheza que passava, tinha como hábito recolher cães abandonados e doentes na fazenda, uma vez que, com o tempo, reservei alguns hectares para deixá-los viver ali em paz.

O alvoroço nunca foi meu companheiro, assim como as festas diurnas, visto que sempre gostei de admirar a noite e seus encantos; a lua e as galáxias fascinam-me. Por conseguinte, na propriedade, o silêncio não teve dificuldades de se impor, exceto pelos ocasionais latidos ou ululares dos cães; contudo, eventualmente, as luzes acendiam-se no castelo para receber amigos e celebrar o viver. Entretanto jamais fui molestado; esse meu comportamento dissonante causava certo receio e, para alguns, dúvida e medo, sentimentos de desconfiança que normalmente encontramos na alma dos camponeses. Essa visão que ainda há a meu respeito, com certa frequência, dificulta na admissão de empregados, mas nada que comprometa o bom andamento das coisas, a execução das tarefas. De mais a mais, quanto aos *veri amici*, quando o número excedia a nossa capacidade de recuperá-los e bem cuidá-los, eu os doava a um canil, em uma cidade não muito distante, mantido por uma grande empresa em parceria com a prefeitura local. Naturalmente, eu adotava alguns desses animais, aumentando a minha matilha particular. Outro ponto que gostaria de salientar: os cães escolhidos ficam sempre soltos e podem transitar por toda a propriedade, salvo dentro dos aposentos do castelo. Desse modo, os visitantes habituaram-se a conviver com os cachorros, pois, não raro, comentava que na minha residência quem não gostasse de cães não devia adentrá-la. Como saio pouco, uma vez que deleguei a um executivo, de grande capacidade e confiança, administrar o império imobiliário amealhado por mim e deixado pelo meu saudoso pai, dedico parte do meu tempo ao estudo do comportamento desses notáveis canídeos; publiquei um livro dedicado a esse tema. Afora as leituras e os afazeres do campo, atendo, ocasionalmente, pessoas carentes da região com problemas de saúde, porque sou médico e exerci a clínica privada por mais de duas décadas. No entanto, apesar da pecha de enigmático que encarno, sempre desfrutei da mais alta reputação, visto que nunca poupei esforços para ajudar os necessitados; esse empenho, todavia, jamais serenou a apreensão da vizinhança em relação a mim; continuo sendo um tipo de nobre excêntrico. Minha mulher, de alguma maneira, também contribuiu para enfatizar esse ponto de vista, já que é uma eslovena muito alta, ruiva, reservada e possuidora de um português quase ininteligível. Assim, por quase uma década, os fatos transcorreram sem percalços; uma doce rotina, tanto na propriedade, quanto nas imediações.

Num crepúsculo de inverno, o qual tinge com o seu avermelhado fugaz até as mais verdes folhas remanescentes, dois dos meus *border colie* descem, latindo em disparada, as escadarias que conduzem ao pátio frontal do castelo, no qual se acha o grande portão de ferro fundido da entrada principal; ali, ladram, de modo efusivo, por um bom tempo. Esse episódio desperta-me a curiosidade; vou lá averiguar; nada encontro. Nas semanas subsequentes, esse acontecimento repetiu-se várias vezes, do mesmo jeito. Intuí que poderia ter sido um gambá, que são comuns aqui, que atiçara os cachorros.

Sem sombra de dúvidas, esses animais possuem uma sensibilidade para captar determinados sons, odores e outras percepções, que vão muito além da nossa capacidade de notar, por isso, de vez em quando, eles ficam excitados e não os compreendemos. Também, posso asseverar que, numa certa medida, a luz do luar exerce um fascínio ou, quiçá, temor nos cães, pois, no período de lua cheia, o ulular faz-se mais frequente; adoro ouvir o som melodioso de um uivo; remete-me a uma atmosfera fantasmagórica, de mistério, que essa época extremamente racional sepultou. O uivo propagando-se pelo vale, o seu eco aprisionado entre as colinas, cria um clima extraordinário, fascinante, dos clássicos romances góticos do século XIX. Portanto, conviver com esses seres, de certa forma, é um meio de alargarmos nossos sentidos; um aprendizado.

Após uma trégua não duradoura, os cães começam a proceder como antes, latindo no portão com furor. Em uma dessas investidas, vi que havia um cão bonito, azulego, semelhante a um lobo, todavia maltratado; percebi que era um Pastor da Mantiqueira. Imediatamente, eu o recolhi e mandei realizar os procedimentos de praxe no abrigo reservado para essas ocasiões: banho, vacinas, alimentação e uma inspeção para verificar se havia alguma enfermidade. Não demorou, então, para que ele se afeiçoasse conosco; inteligente e carinhoso, depressa alcançou o direito de ficar nas cercanias do castelo. Mas havia algo de inusitado no pastor: um olhar com um quê de humano, inquiridor. Minha mulher nunca sentiu bem em encará-lo; apesar de não se manifestar verbalmente para não me desagradar, na verdade ela não gosta dele. Também, diferente dos outros cães que uivavam em determinadas situações, era raro uma noite na qual ele não emitisse esse som. Aos poucos, com o decorrer dos meses, esse cão, antes malcuidado, começa a subjugar todos, até o imponente e robusto Thor, o alfa da matilha. De mais a mais, a rotina dos animais domésticos, tanto os meus quanto aos dos vizinhos e dos bichos selvagens foi alterada. Os uivos tornaram-se mais frequentes na redondeza, principalmente na lua cheia; gambás apareciam, quase todos os dias, mortos de forma brutal; as suindaras, que normalmente costumam cruzar o céu em um voo mais baixo à procura de presas, passaram a voar muito alto e sempre em bando, como se algo as impedisse, fato que nunca presenciei. Eram mudanças aparentemente sutis, que poderiam passar despercebidas para um desatento, porém não para mim. No entanto, o que me deixou intrigado e estarrecido foi uma manhã em que encontrei duas grandes suindaras estraçalhadas na porta do castelo; praticamente, só restaram penas e as cabeças. Quem faria isso com essas poderosas corujas... um predador noturno implacável.

Essas singularidades foram absorvidas por nós com o passar das semanas, visto que não encontramos nada que fosse o elo que desencadeara essas mudanças; *a apreensão inicial cedeu lugar à aceitação de que eram alterações que obedeciam ao acaso.* O Pastor da Mantiqueira continuou afetuoso, contudo impôs sua supremacia sobre os demais. Minha mulher continuou com o seu desagrado para com o cão azulego; deu-lhe o nome de *Volk,* lobo em esloveno, uma analogia à sua aparência e ao olhar intimidador.

Nos meses que se seguiram, novas coisas atípicas, as quais jamais ocorreram na região, vieram à tona, e, entre tantas, uma atemoriza a vizinhança: um bezerro, bem crescido, é encontrado esquartejado de maneira horrenda; pelas dilacerações, tratava-se de uma mandíbula poderosa; aventou-se ser uma onça, já que matas densas não estavam distantes. Poucos dias depois desse episódio, o odor característico e o vulto de um imenso lobo foi visto, em uma propriedade próxima da minha, em uma madrugada de lua cheia, quando o proprietário retornava de uma festa. Ele nos contou, apavorado, que em um instante pegou a arma em sua casa e correu ao seu encalço. Apesar de o animal ter sumido, ele garantiu que sentia sua presença nas imediações do pomar. De maneira que, com o tempo, pouco a pouco, *as noites passaram a ter uma movimentação inquieta, como se alguém ou algo mantivesse o ambiente num eterno desassossego.* E na esteira dessas esquisitices, galinhas, patos e outros animais eram abatidos de forma brutal num crescente assustador. Era só o sol se pôr, que os sinistros sons das criaturas da noite começavam a devorar o silêncio que conhecíamos. *Aquela apreensão de antes que cedera, pois concluímos ser ocorrências do acaso, retorna com redobrada intensidade.*

Volk também modificara; apesar de ainda ser receptivo ao carinho, tornara-se muito arredio. Mas, o que nos despertou mais atenção, foi que os cães passaram a não mais a respeitá-lo, e sim a temê-lo; a sua presença afugentava os demais. A primeira a constatar essa alteração foi Sofia, minha mulher, talvez pela animosidade incorrigível para com ele. Assim, nesse mundo tão cartesiano, da primazia da ciência, no qual não é permitido violar suas leis, comecei a procurar explicações racionais, plausíveis para aqueles fatos que presenciava, imputando a eles várias possibilidades cabíveis. Encontrei algumas respostas que, por algum tempo, satisfizeram minhas indagações. Entretanto, para a maioria das pessoas do lugar, o que acontecia era *orquestrado por uma misteriosa e maligna força sobrenatural.*

Tive a sorte de adquirir o terreno, no qual edifiquei o castelo, no ponto mais cenográfico do vale, um platô sobre uma rocha escarpada, de onde descortino as colinas e o majestoso riacho; posicionei o meu quarto em direção ao oriente, no segundo piso, que dá acesso a uma generosa varanda com sua balaustrada. Esses ambientes são separados por uma enorme porta-balcão de madeira, com uma parte em veneziana e a outra envidraçada, de sorte que quase sempre dormíamos com a última aberta. Numa determinada noite, na qual o crocitar, o coaxar, o ulular e os sons de outros seres demonstravam muita inquietação, desperto, por alguns instantes, com a ligeira sensação de que um animal grande farejava a porta. Num lampejo, deduzo que isso era inverossímil, um devaneio, uma extensão de algum sonho, pois não havia possibilidade de um animal desse porte estar ali, já que o pé-direito do edifício é enorme; virei para o lado e adormeci. Todavia, poucos dias depois, acordei, e agora também Sofia, com a mesma impressão; entretanto, como a noite estava clara, uma vez que a lua estava cheia, pude ver a silhueta de um enorme bicho pela veneziana da porta. Levantei de súbito, sem pensar nas consequências e no medo, e fui averiguar. Quando abri a porta, a criatura já corria, embora tenha olhado para mim de relance, e pulou daquela altura, incólume. Não consegui ver direito a sua cara, mas uma coisa posso assegurar: movimentava-se ora como um canídeo, ora como um grande símio. E diante da indefinição da fisionomia, afirmo com certeza que o seu olhar era muito semelhante ao de Volk. Gelei; relutei em acreditar, pensei que sonhava, porém o pânico de Sofia, que ouviu aquele ser sinistro chocar-se com o solo, me fez crer que, de fato, a cena era real. Foi um abalo terrível; estar diante do insólito, do improvável, e ter que o admitir, e, além do mais, não poder comentar com quase ninguém. A única pessoa com a qual eu consegui contar o que presenciamos, foi um amigo médico que estuda ocorrências sobrenaturais e paranormais. Ele me disse, com certa prudência, que já escutara relatos de aparições de vidas semelhantes; que era possível, visto que o *universo nos reserva, eventualmente, conhecer parte do incomensurável mistério, que emerge das profundezas do inescrutável.* Despediu-me, dizendo que eu era um homem afortunado.

Depois de provar do inimaginável, até hoje estamos sem condições emocionais de dormir no castelo, conquanto lá vou todos os dias, para manter a normalidade e administrar a propriedade. Volk desaparecera sem deixar rastro; coincidência ou não, fiquei sabendo que a inquietação noturna abrandara. Ainda acordo, casualmente, sobressaltado com aquele olhar rápido e enigmático. Nada melhor que a magia do sono que restaura e suaviza o cansaço e os contratempos, entretanto, quando acordamos despertados pelo insólito, é muito pior do que o sacrifício de uma vigília. Mas, se analisarmos *a imensidão de possibilidades que se escondem no misterioso cosmo,* não é difícil admitir que o improvável pode ser plausível; essa conjectura *ameniza* o temor, as dúvidas, *a circunscrita realidade para a qual normalmente atentamos, que tolda o horizonte mais distante.*

Acabo de chegar ao grande portão de entrada do castelo; o céu está claro e a temperatura agradável. Sentado com o corpo apoiado nas ferragens, em uma das extremidades, encontro, sujo e emagrecido, Volk, com seu olhar inconfundível. Desci do carro; o pastor correu em minha direção abanando o rabo e lambendo-me. Chamei o funcionário que cuida dos animais; os dois trocaram afagos. Confesso que, por instante, titubeei, no entanto pedi que o recolhesse e o encaminhasse ao abrigo. Sofia ainda não sabe.

08.11.19

Perdidos no tempo

Sob as estrelas, o olhar é mais inquiridor.

No cume de uma cordilheira que quase toca o páramo, inóspita, isolada e de extensão colossal, na qual só os mais virtuosos conseguiam escalá-la e superar a frágil natureza humana, ao conviver com o ar fugidio, uma legião de ascetas procurava conhecer os desígnios e a face de Deus, desde épocas antediluvianas. Na imensidão daquela descomunal altura, incrustada de incontáveis cavernas com seus respectivos sacerdotes guardiões, homens devotos velavam e debruçavam-se sobre os textos sagrados de todas as seitas e religiões existentes, muitas das quais surgidas, lá na aurora do tempo, com o despertar da consciência. Pessoas de todas as nações e tradições, com um só propósito, devotavam suas vidas ao estudo desses livros veneráveis; peregrinavam nesse dédalo sujeitas a terríveis intempéries e à total exaustão. Quase nunca voltavam para onde vieram, pois o êxtase ali encontrado, um estado casto de contemplação, impedia-os. Devido a esse fato e ao isolamento geográfico, esse, por assim dizer, enorme santuário que abrangia toda a história da humanidade, só deixou de ser lenda, por incrível que pareça, há um século.

Sem grandes altercações, mas convictos de suas crenças, os abnegados crentes estudavam esses ensinamentos, dedicando atenção a cada letra, a cada sílaba e palavras, uma vez que criam que são na ordem em que estão colocadas, e por consequência a harmonia entre elas, é onde se encontram os pormenores muito bem guardados, o mistério do universo. Outras doutrinas, mais ligadas à numerologia e à álgebra, professavam que o significado literal dos textos era apenas uma charada; o subterfúgio para ocultar a verdade que estava imersa em equações, representadas por letras ou palavras, as quais dizem respeito a uma ordem numérica inefável do cosmo. Assim, há milênios, eles se inclinavam sobre seus dogmas, numa árdua hermenêutica, à procura da equação que represente Deus e seus intentos. As mais contemplativas, contudo, tentavam decifrar, nas incontáveis nuances da luz da aurora e do ocaso, no brilho das estrelas ou nos matizes da escuridão, a razão de tudo acontecer. Ficaria a relatar a eternidade, envelheceria nesse ofício, e não conseguiria descrever uma pequena parte das crenças ali reunidas, visto que se presume que existem representantes de tradições muito arcaicas; remontam aos neandertais. Todavia, muitas dessas doutrinas perderam-se, pois não amealharam seguidores.

Não havia uma distribuição metódica ou semelhança entre as diversas cavernas, que os séculos nomearam de salas ou templos; elas foram concebidas, ao acaso, ao longo do decorrer do tempo, sempre aproveitando o relevo da montanha. De maneira que podiam ser retangulares, quadradas, irregulares e algumas, por conjunção do destino, estavam interpostas entre duas quadradas, tal como uma cunha, no ponto no qual a montanha arredondava-se, conferindo-lhes a forma de um triângulo. Por isso, deslocar-se nessa imensidão era intrincado; não existia sinalização e, para que um indivíduo percorresse esses labirintos, era imprescindível possuir boa memória e suprimentos, coisa escassa nesses confins. Em geral, as seitas mais remotas ficavam mais próximas umas das outras, assim como as mais recentes avizinhavam-se entre si. Consequentemente, não era frequente um sacerdote ou estudioso de uma facção religiosa mais nova adentrar-se nesse dédalo e procurar por uma sala de alguma seita distante; poderiam perder-se nesse trajeto. Outro pormenor que merece menção é o fato de comerem, praticamente, frutos selvagens e pequenas nozes, que crescem nos vales abaixo no verão, visto que, como vivem exclusivamente para o estudo e a teosofia, suas necessidades são parcas. Quanto à água, jorra em abundância nas incontáveis nascentes.

Eu, em minha mocidade, levado pelas mãos de um teólogo gnóstico, o qual ensinava que toda fonte de prazer é prescindível e corrupta, até aplacar a sede e a fome, tentei peregrinar por salas longínquas, como quem se embrenha em um imenso mercado persa, no entanto, minhas pernas não conseguiram percorrê-las após o quarto mês, devido às escassas provisões que possuíamos. Nesse percurso, descerrei muitas cortinas dessas cavernas; surpreendi-me com homens quase cadavéricos em transe místico. Além disso, não era usual, mas ocasionalmente, alguns indivíduos, após uma longa imersão em seus dogmas, ou entravam em uma inebriante excitação, ou, após constatarem, de modo profundo, nossa insignificância diante do Criador, atiravam-se do penhasco. Portanto, apesar de não ter conhecido as grutas prístinas, vi um pouco desse organismo invulgar.

Os grous, na migração anual, aprenderam a encontrar abrigo nessas salas, no intuito de revigorar e se proteger do cansaço e do rigor do clima, nessa grande jornada. Então, quando o grulhar, semelhante a uma trombeta, ecoava, despontando na vastidão do firmamento, era um grande evento, uma vez que os líderes de várias seitas acreditavam que essas aves já se arrostaram com a face de Deus. E como uma forma de agradecimento pela bem- vinda acolhida, os grous levavam migalhas de frutos silvestres e cogumelos aos devotos.

E no fluir de incontáveis gerações, as estações transcorriam sem mudanças expressivas, com um ou outro incidente aflorando em alguma região ou ponto específico. Contudo, no último milênio, pelo que consegui inteirar-me, aconteceram insurgências, sem, entretanto, comprometer esse consolidado sistema. Uma das mais importantes, talvez, seja a liderada por um sacerdote de nome Braduz, que posou de grande profeta; apregoara que a verdade estava confinada na sua tradição de arcano conteúdo. Por dois séculos, angariou peregrinos e ofuscou outras seitas, mas o tempo encarregou-se de mostrar que era um impostor. Também, outro acontecimento que a memória coletiva não apagou, causou muito furor. Certa feita, os que habitavam as salas cujo formato era triangular, passaram a anunciar, como princípio irrefutável, que ocupavam aqueles recintos não ao acaso, e sim pelos desígnios de Deus, pois essa figura geométrica, como seus preceitos, reportava uma lança, algo que penetra, perscruta, uma forma perfeita, uma das incontáveis faces de Deus. Achavam que eram escolhidos; receberam a alcunha de *euclidianos*. Entretanto, sofreram forte contestação; seus opositores, entre muitos argumentos, diziam que esses crentes, com essa ideia preconcebida de si mesmos, nunca poderiam estudar, com isenção, qualquer escritura sobre o Criador. De mais a mais, circunstâncias que arranharam a quietude, como, da mesma forma, um ensaio de um grande ecumenismo, tive a oportunidade de vivenciar no período que lá passei. Na primeira, um emissário proveniente de uma caverna ancestral, após uma longa peregrinação que deixara seus cabelos encanecidos, surge vaticinando que, na montanha, ideologias ímpias prosperavam nos setores mais novos e que, mais cedo ou mais tarde, abalariam os alicerces desse lugar sagrado. Para sua surpresa, lá encontrou homens silentes, em andrajos, examinando sua fé em total contemplação; o emissário, envergonhado, radicou-se ali. A segunda, uma assembleia de notáveis, chefiada por um ancião de nome Jabelão, após análises matemáticas, léxicas das sequências das letras, orações que compunham inúmeros textos; da correta compreensão das nuances dos ocasos, e dos sibilos dos muitos ventos que açoitavam a montanha, concluíram que todas as obras veneráveis, no decorrer das eras, diziam, de modo subreptício, que a face de Deus era intocável, impossível de defini-la, de vê-la isoladamente, visto que estava em todos os lugares: na poeira sob nossos pés, nas lágrimas, no sorriso que embriaga, na luz que nos aquece e ilumina, na escuridão que intimida, no mistério de nascer e morrer. Todavia, reeditando um velho comportamento humano, pouco durou o consenso; o sectarismo prevalecera. Portanto, salvo dissensões e insurreições ocasionais, que aconteceram em determinadas épocas, os séculos foram de uma serena procura e defesa da verdade por parte de cada facção religiosa.

Em um solstício de inverno, um tremor inenarrável sacode a cordilheira; provoca avalanches inimagináveis e rasga a montanha. Vulcões brotaram com uma força demoníaca; soterra, sem piedade, o que surge no seu caminho. Muitos atribuíram, a esse cataclismo, a ira de Deus em relação à soberba de muitos, que apregoaram e vindicaram ser os detentores do genuíno conhecimento. Com efeito, não há como calcular as muitas tradições que se perderam nesse cataclismo; comenta-se que a região da montanha mais devastada, era aquela que sediava as antigas seitas. Apesar desse imenso infortúnio, uma boa parte dessas escrituras foi resgatada por algum sacerdote sobrevivente; assumiram o encargo de manter viva a sua fé.

Em seguida a esse sismo, que trouxe notoriedade ao local, curiosos passaram a escalar a cordilheira com o propósito de conhecer esse milenar sistema. Um temor, inicialmente, assolou a montanha, mas, com o decorrer dos anos, devido à espiritualidade emanada e aos enormes empecilhos, a tranquilidade não foi furtada. Desde então, para um contingente não desprezível dos que continuaram naquelas alturas, prevalece o princípio de que Deus não pode ser representado por uma aparência, equação ou geometria, pois Ele é o eterno encetar, acontecer. Se existe algo, mesmo que de modo pouco aparente, que possa representar a face de Deus, é o perpétuo recomeçar: *o princípio torna-se fim, e o fim torna-se princípio, e o remoto passado foi o início de um passado ainda mais remoto; assim, sucessivamente.*

Intuo que essa conjectura, acatada por apreciável número de ascetas, não só tangencia o plausível, como, igualmente, pode arrefecer esse santuário milenar. Entretanto, por mais que esse conceito prospere entre esses homens, uma eterna dúvida persistirá, pois jamais haverá certezas que aniquilem essa busca; nada tornar-se-á dogma enquanto pisarmos neste chão, uma vez que o mistério é inescrutável. É-nos impossível prever o rumo que essa devoção tomará.

19.11.18

Em um café de Milão

O tempo desperta a razão,
a incúria é cúmplice da ilusão.

Foi com relutância que os pais das primas, Laura e Deborah, permitiram o implante do NIGs (nanocircuitos de integração global), pois, afinal, elas iriam para a capital cursar o último ano que precede o ingresso na universidade; seria muito difícil a interação social sem o dispositivo. Em segundos, uma leve punção em uma artéria cervical e a colocação de uma minúscula lente de contato contendo uma câmara, pronto, quase ato contínuo, estavam conectadas com o mundo. As coisas caminham tão rápido, comenta um dos pais, que passamos a ser reféns de invenções que nos reinventam. Nesse pedaço de século, um microprocessador implantado no antebraço, em sintonia com um nanoclip posicionado no córtex frontal, faz com que estejamos ligados a todos e a tudo. As imagens já não estão na tela como nos antigos *smartphones*, mas na clareza da mente, na memória, que desde então, consegue vislumbrar as mensagens com a nitidez dos olhos, instantaneamente.

Laura e Deborah, que sempre foram tão unidas, ao fim de alguns meses, já trilhavam veredas distintas, esboçando um certo distanciamento; é prerrogativa da adolescência a volatilidade do caráter, das escolhas, visto que o mundo descortina-se sedutor, com a vívida cor das possibilidades. No colégio, Deborah passa a receber menos atenção dos colegas; aos poucos, conhece um sentimento que jamais sentira – o isolamento. Uma das professoras, que simpatizava com ela devido ao seu empenho, convida-a para uma conversa reservada. Comenta que sua avaliação pessoal, pela rede social *face report,* estava baixa; que ela era muito tímida, deveria soltar-se, falar mais de si quando estiver conectada com outros ou pessoalmente. Contudo, com a voz quase embargada e lágrimas deslizando na face cheia de esperança, responde que foi educada para primeiro ouvir e depois falar de si, conduta que seu avô de 106 anos, por quem ela nutria grande admiração, ensinara-lhe, como norma de educação. Mas a professora, segurando carinhosamente sua mão, explica-lhe, sem desmerecer os conselhos do avô, que, na atualidade, a tônica é falar de si; exaltar nossas qualidades. No entanto, mesmo com essa sincera advertência, Deborah tem dificuldades em absorvê-la e sente-se deslocada. Assim, cada dia mais afastada de Laura e taxada de desinteressante, participa de um círculo de amizades composto por pessoas desdenhadas pelo meio no qual vive. Com elas troca experiências e descobre que, de fato, algumas são realmente enfadonhas e pouco obstinadas. Ali, conhece e namora um rapaz bem-apessoado, todavia tímido pela tartamudez, que a estimula a estudar cada vez mais e ser alguém de relevo.

Na segunda metade do ano, uma das meninas mais populares da turma realiza uma festa de aniversário; os mais interessantes, os mais bem pontuados pelo *face report,* foram convidados.

Entretanto, como Deborah despontou-se, de modo inconteste, como a melhor aluna da sala, foi chamada para o evento a despeito de seu reconhecimento social não ser satisfatório. Eles a tinham como muito inteligente, mas achavam-na enfadonha; não apreciava os deslizes, não valorizava as últimas novidades da moda, consumia pouco álcool e detestava futilidades. Deborah e o namorado esforçaram-se ao máximo para enturmar-se, mesmo assim a receptividade não foi calorosa; até Laura esquivou-se o quanto pôde, uma vez que, por serem insignificantes nas redes sociais, não era conveniente para ela dar-lhes a devida atenção. No entanto, apesar da distância velada com a qual foram tratados, Deborah tira proveito da situação, pois certifica-se de que a artificialidade dessa maneira de proceder realmente a incomodava; os jargões, os trajetos deles eram uma cópia grotesca de artistas muito irrelevantes, que faziam sucesso. Só ficou consternada ao ver Laura submetendo-se a essa metamorfose. A prima, que fora criada como ela, que antes nutria preocupações com o próximo, com a degradação do planeta, agora tinha uma atração desmedida pelo vestuário e as demandas estéticas. Tornara-se superficial, com pensamentos débeis e um entusiasmo imenso pela ostentação e a riqueza sem esforço. As leituras, a infância perpassada pelo sonho de seguir uma carreira que pudesse contribuir para a melhora da humanidade, cede lugar aos ditames orquestrados pela frivolidade; uma vida movida por interesses e desrazão. Em um espaço tão curto, conclui, Laura deixou-se ser absorvida por valores estranhos à família.

Essa vertiginosa vaidade, que empurra o homem à beira do abismo da irrelevância, é filha do tédio e do vazio existen-

cial de nosso tempo, da falta do querer transcendente, do perscrutar as sutilezas da alma, do universo, do insistente desejo de personificar uma imagem que não condiz com o que somos, do desinteresse de conhecermo-nos melhor. Uma consequência da rápida urbanização sem precedentes; da brusca ruptura com um modo de ser que hoje é pretérito. De maneira que, mergulhados em uma realidade repleta de novas necessidades individuais, temos dificuldades de olhar para a essência das coisas, de balizar o convívio, uma vez que, a todo instante, somos inundados, sabotados por *mensagens*, preceitos que nos saturam. E curioso, ponderava Deborah, as pessoas são julgadas pela visão, muitas vezes desfocada, que fazem dela. Quando somos apresentados a alguém, com não pouca frequência, o interlocutor não tem a habilidade de nos ouvir, de avaliar quem está diante dos seus olhos; já faz, de antemão, uma apreciação preconcebida, baseada nas informações armazenadas na rede de computadores, conectada aos NIGs, no perfil que lhe foi atribuído, que, na grande maioria, é inverossímil.

Mesmo compreendendo o que acontecia, Deborah, ocasionalmente, sentia o fastio de ter sido preterida, não pelos colegas de escola, mas por Laura; a ruptura do sonho compartilhado de se manterem próximas, esses acordos que fazemos quando jovens, de uma amizade que idealizamos incorruptível. Entretanto, tudo se acomoda; Deborah ingressa no curso de física, e Laura no de *design* de modas. Esse período foi intenso e rico para Deborah; as primas mal se encontravam. O ambiente universitário era diferente; havia mais consonância entre os pares. O amadurecimento que lá se dava abre as janelas do entendimento para Deborah. Percebe que, apesar de todo o saber que a humanidade acumulara, aceitamos, docilmente, a visita de invasores, de nem sempre aquilatar o que nos chega, de vestirmos uma agradável fantasia que nos desobriga do autoconhecimento. Talvez, intui, quando o homem retirou, pelas mãos da ciência, o véu dos mistérios, das crenças que nos envolviam desde o mais elementar princípio, tenhamos ficado órfãos das fábulas, que tanto apreciamos. Por isso, passamos a ter a necessidade de divagar, de criar uma nova crença, a qual, moldada para nossa época, pode explicar o anseio de construir uma imagem do que gostaríamos de ser. E de tão reprisada, torna-se parcialmente verdade, embora desapareça, quando desafiada, como a névoa sob o sol.

Os anos são como as nuvens: umas deslizam lentamente, outras mais céleres, ao sabor dos ventos, das emoções e projetos que nos alimentam. E nesse escoar único, Deborah escala a graduação, o mestrado e o doutorado. Brilhante, é convidada por um prestigiado centro de pesquisa europeu para compor o seu quadro e realizar o pós- doutoramento. Seu campo de estudo explora os limites da física, a propulsão por efeito Mach, um meio de impulsionar espaçonaves sem os obsoletos propelentes químicos, o que possibilitará irmos aos confins do cosmo.

Laura, por sua vez, traçou uma trajetória muito diferente. A universidade foi realizada sem dedicação; passou por várias mãos e travou conhecimento com muita gente importante do seu meio. Em virtude desses contatos, conseguiu ser admitida em uma famosa grife de roupas. É talentosa, mas longe de ser uma exceção. Viveu um casamento não duradouro com um modelo, com o qual teve um filho, que, diferente da mãe, pensa cursar diplomacia. *Contudo, como os anos detêm o poder de clarear a realidade, mesmo que ela esteja turva pelas brumas das ilusões, faz com que a sensatez emerja, paulatinamente.* Desde então, Laura começa a perceber que deveria ter valorizado inúmeros bons momentos e, pela primeira vez, sente o cansaço de manter a imagem que construiu, um esforço, um pouco ao modo, o de guardar um castelo de areia salvo dos caprichos do vento. E na esteira dessas novas indagações, vê que a estreiteza dessas relações balizadas pelas pontuações do relacionamento social, sem a chancela do senso, é uma das muitas distorções da nossa época. A elegante avenida está enérgica, as muitas luzes da cidade misturam-se com um frenesi silencioso dos eletrocarros. Sentada em sua panorâmica varanda, sorve, em goles generosos, um Barolo; conclui, extasiada, que o espelho, que sempre teve o poder de nos multiplicar, agora reproduz infinitos disfarces de nós mesmos, que chegam a subverter o nosso eu. Enxerga, assim, que muitas amigas de sua geração, apesar de dissimularem, estão insatisfeitas e num deserto emocional; equilibram-se para a máscara não ruir.

Com o correr dos anos, Deborah ascende de forma notável; são poucas as grandes universidades nas quais não lecionou nem proferiu palestras. Laura, por seu turno, alcança a estabilidade e a fortuna. Em um radiante verão, após quase uma década, as primas encontram-se, acidentalmente, em um café próximo ao Duomo de Milão, na belíssima *Galleria Vittorio Emanuele II.* Houve aquele constrangimento inicial, comum quando a fria mão do descaso promove um distanciamento, todavia esse embaraço inicial cede lugar à emoção; abraçam-se e acabam por sentar-se. O garçom traz duas taças de espumante; as primas vão bebericando-as, lentamente, para que deem tempo de expor o decorrido nesse grande hiato. Deborah não esconde seu contentamento, suas ambições acadêmicas; conta como é bom conviver com pessoas que amam desvendar os mistérios nos quais estamos imersos, porém, por outro lado, não omite a solidão que agora colhe, por ter relegado, ao segundo plano, as relações afetivas. Laura comenta que, apesar de certa fama e dinheiro, também está com dificuldades de alcançar a felicidade; sente a vida vazia e repleta de indivíduos fastidiosos que nada lhe acrescentam. E indo mais além, segreda: "Desenho roupas, muitas das quais, no íntimo, acho absurdas, no entanto sou impelida a criar tais coisas; cubro corpos de muita gente apegada às insignificâncias desse mundo. Como somos levados – prossegue – por temporariedades... como custamos para entender o que é essencial para nossa existência. Hoje, com clareza, vejo que a escalada que tanto sonhávamos pode ser realizada sem abandonar o que, de fato, alimenta a nossa alma". Tomam um café, igualmente sem pressa, e surpreendem-se conversando como nos velhos tempos; sem reservas. Caminham até o Duomo, e diante da magnífica igreja, que nos faz reviver um período no qual Deus regia os mínimos detalhes do dia a dia, planejam outro encontro. O crepúsculo tinge de um amarelo ouro imaterial parte do templo.

Mas as forças secretas que governam o nosso destino, muitas vezes, são ilógicas; em pouco mais de um mês as duas, novamente, estiveram muito próximas, quase ombro a ombro.

Entretanto, a ocasião foi muito diversa daquela tarde em Milão – no velório de Deborah. A prima falece num grave acidente de um trem-bala; ia para Genebra. Laura chora como em nenhuma outra ocasião.

08.12.19

O mundo despido de olhar

Como as árvores, os pássaros são reféns das estações, podemos iludir nossas vidas reféns de outrem.

Era uma fria manhã de outono; o vento que assobiava quase não carregava folhas, uma vez que os ciprestes dominavam a paisagem da necrópole. Pássaros entoavam um trinado triste e intervalado. Um grupo de poucas pessoas encontrava-se em torno de uma urna, ainda sem tampa. Paulo viu, de soslaio, a face lívida, sem vida, já distante do pai; que pouco mirou, vencido pela inelutável morte. Esse corpo repleto de nanocircuitos e maculado por terapias genéticas que lhe deram apenas algumas décadas a mais de existência, nada diante do imensurável tempo, foi incapaz de deter o irremissível fim, pois somos somente uma ínfima fagulha perante o mistério, o universo, o ignoto devir. Esse homem condenado à decomposição entregou sua fátua vida a tanger apenas a superfície do conhecimento, dos relacionamentos, *num proceder impregnado de desnecessidades.* Aquela cena, o olhar de soslaio, despertou no filho uma consciência adormecida; mudou seu destino de modo definitivo.

Ao cabo de algum tempo, quando o ataúde, por fim, é depositado no gélido jazigo, talvez houvesse dois tímidos pares de olhos para registrar o triste adeus, visto que os presentes estavam entretidos com as obrigações impostas pelos seus multiprocessadores. Paulo, um alto funcionário de uma instituição financeira, saíra cabisbaixo ao lado de Gioconda, uma companheira de trabalho por quem nutria certa afeição; transcorria o ano de dois mil trezentos e dez.

O mundo tomara outro curso, distinto em relação ao seu passado, no qual o olhar direto, franco é algo desaconselhável, desdenhado, indecoroso, porque há uma necessidade obsessiva, insana de se comunicar, de averiguar as ocorrências cotidianas do planeta, de bisbilhotar as usuais circunstâncias do viver e de adquirir uma insaciável quantidade de insignificâncias, num emaranhado infindo de contatos que acontecem, quase sempre, sob o intermédio do aliciante *multiprocessador de mão,* o mais corrente dos dispositivos atuais. Essas indispensabilidades que, agora, obcecam o povo, abarcam expressiva parte do dia, deixando-o disperso, refém de amigos descomprometidos, de sentimentos rasos, de informações superficiais e de um consumo predador. Não há mais lugar para a mirada que contempla, para as carícias, para o ócio e a transcendência; inumaram a poesia e a sabedoria. Toda a atenção é devotada à persuasiva tela do pequeno aparelho. Os poucos que teimam em transgredir esse novo modo de ser são proscritos do convívio e taxados de desajustados. Assim, a humanidade navega num mar de vagas sombrias, numa monotonia, despida da mirada, na qual a vida é comburida por coisas desprovidas de um sentido profundo, com as pessoas sempre curvadas ante esse imprescindível *multiprocessador.*

Em seguida ao funeral, no decorrer dos meses, o executivo nutria uma crescente inquietude para com a lucidez que se acendera em seu espírito, embora continuasse atrelado ao inextricável labirinto de improfícuas ocupações. No entanto, a partir de então, passou a dar ouvidos a um contestado movimento, tido como anárquico, denominado A Origem, que desejava resgatar a espontaneidade e a independência na maneira de agir, conquanto não prescindisse da moderna ciência. Só almejava, pleiteava uma harmonia, uma perspicaz interface entre o homem, a tecnologia e a natureza; *algo natural que nos fora furtado*. Paulo soube que os sectários migravam para um exuberante país africano, pouco habitado, que há mais de um século fora devastado por guerras tribais, e que hoje, livre desses entreveros, sofria pesadas sanções do poder mundial central por albergar e simpatizar com essa sensata causa. Compartilhou essas inquirições com Gioconda; conversaram sobre esses questionamentos, sobre essa direção patológica que a sociedade tomara; travaram conhecimento com os seguidores.

A primavera havia chegado. Aos poucos, Paulo e Gioconda estreitaram o relacionamento e já namoravam. Numa noite sem nuvens, saíram para jantar. Se um indivíduo de outrora, neste momento, observasse o céu, julgaria que a Via Láctea ganhara mais astros, todavia, o que se vê são uma infinidade de satélites para suprir a incansável demanda por comunicação. Digno de ser lamentado, ninguém atenta para este fato.

O executivo estacionou seu autocompacto para fins urbanos, movido a quantias insignificantes de eletricidade, defronte o restaurante. Ao entrarem, perceberam o ambiente repleto, apesar de silencioso como de praxe, uma vez que todos os ali presentes estavam numa postura arqueada sobre as mesas; comiam e conectavam-se simultaneamente. O silêncio era quebrado somente por algum diálogo ocasional, pelos ruídos dos talheres tocando as louças e pelos passos dos garçons. Uma música muito suave, com um ritmo mecânico e um timbre metálico, preenchia o ar. O casal, por sorte, encontrou onde alojar-se. Enquanto Gioconda vistoriava o cardápio, um holograma projetado sobre a branca toalha, Paulo atreveu-se a vê-la, face a face, sem pestanejar, *e lhe solicitou um instante de um longo olhar.* Em voz baixa, continuou:

— Como o seu rosto é lindo... nossa sociedade está mesmo doente... não valoriza esses detalhes, esses encantos...

Ela, com a face rubra, prossegue:

— Tenho refletido muito sobre estes descompassos, estes desatinos nos quais nos impuseram.

Nesse instante, ambos já haviam rompido com as convenções sociais vigentes; falavam frente a frente. O namorado retoma a palavra:

— Após a capitulação do nazifascismo e a derrocada do comunismo no século XX, o mundo ocidental, paulatinamente, livrou-se da tutela do Estado e, digamos, foi privatizado. Contudo, nas décadas subsequentes, num crescendo, esse novo poder disperso e emergente, de forma tácita, usando como meio, muitas vezes, a tecnologia como sedução, conduziu, novamente, o mundo ao totalitarismo, de outro formato, fazendo as pessoas reféns sem compreenderem que assim estão. É o ponto em que nos situamos.

Gioconda o interpela:

— Você também está usando a pílula da atenção, a Atens?

— Tento ficar sem ela, mas, por ora, não consigo. Pode-se contar nos dedos quem não a toma... Sem ela não há concentração.

— É Paulo, há muita gente ganhando com nossa improvidência...

— Gioconda, continua Paulo, muito atrás, essas utopias autoritárias de recriar o homem e reformar o Estado eram comandadas por um déspota; nós podíamos apontar o líder, imputar-lhe culpa. Hoje, nem sabemos quem orquestra esta tirania travestida de modernidade, o que faz do povo um eterno cativo.

—Vamos conhecer em loco o movimento A Origem? - convidou Gioconda.

Fora um jantar memorável, o primeiro livre do peso das normas. Saíram decididos a ir ao encalço desse inusitado local, mesmo cientes das consequências que poderiam advir; afinal, Paulo acalentava essa vontade veladamente. Comentava-se de uma iminente invasão, por parte do governo central, do país exuberante, com o propósito de conter a insubordinação dos ditos descomedidos. Quem partia para áreas de fronteira da banida pátria africana era interrogado exaustivamente.

Na aeroestação, no momento das formalidades em que as identificações pessoais, contidas em *chips* implantados nos antebraços, foram lidas, a polícia espacial, para alívio deles, não os submeteu a questionamentos, visto que ambos não apresentavam antecedentes de desvios de conduta e eram bem-sucedidos. Embarcaram num voo supersônico.

Ao aterrissarem em solo africano, numa nação que divisava com o real destino que seguiriam, Paulo e Gioconda foram recepcionados por um integrante do A Origem disfarçado de agente de turismo. Longe do saguão principal, numa área livre do alcance das câmaras de vigilância, o anfitrião solicitou ao casal que colocassem um delicado anteparo de uma liga sintética, da cor da pele, no antebraço sobre o *chip*, pois esse recurso isolava o sinal que era emitido ao satélite confidencial do departamento de segurança global. Sem detença, partiram em um veículo anfíbio concebido para trafegar em situações fora de estrada.

Não muito depois, os visitantes guiados pelo cicerone adentram a floresta, esquivando-se por um caminho clandestino. Atravessaram a divisa do país exuberante, cruzando riachos e inúmeros trechos alagados. O impacto daquele mundo em estado bruto, selvagem, úmido, atulhado de bramidos, grasnidos, grunhidos e insetos fez o executivo e sua namorada pensarem que haviam se equivocado. Durante esse secreto percurso, o medo apoderou-se do casal; intuíram estar desatinados, envoltos pelo insólito, pelas tênebras. Só recobraram o equilíbrio quando chegaram ao núcleo do movimento; os residentes os receberam com largos sorrisos e cativantes olhares, gestos a que não estavam afeiçoados. *Havia uma envolvente coesão, um notório contentamento.*

Os primeiros dias no insurgente assentamento eram apelidados o namoro do olhar, o assombro da contemplação, período no qual os recém-chegados passavam a experimentar, exercitar as singelas emoções, a simplicidade subtraída, coisas intuitivas, instintivas, porém não mais aprendidas, permitidas. Esse assentamento que resgatava o olvido, que se reconciliava com a essência banida do nosso ser, reacendeu em Paulo e Gioconda, de modo irrevogável, a percepção em relação à vida, a essa fugaz existência que nos foi outorgada, embora não tivessem, até aquela ocasião, uma resposta concreta sobre a decisão que iriam tomar dali por diante. Semanas inesquecíveis souberam vivenciar.

Acontece que, numa despretensiosa manhã, no momento em que o sol acabava de despontar das enredadas árvores ao longe, o casal providenciava, com o coração partido em deixar aquele fascinante lugar, os últimos detalhes do, por ora, inevitável retorno. De inopino, uma intensa vertigem e uma estranha sonolência apossaram-se deles; não tiveram tempo de compreender o que se passava. Lá fora, silenciosos aviões de rastreio do poder mundial central, acionados por controle remoto, em voos rasantes, inundavam o povoado com um poderoso gás paralisante. Quase todos os integrantes do movimento foram acometidos e capturados.

Tive conhecimento de que Paulo e Gioconda, como a esmagadora maioria dos presentes naquele fatídico dia, estavam detidos e aguardavam um julgamento. Contudo, o desfecho não logrei saber, uma vez que quem redige essas páginas é um dos poucos que conseguiu escapar daquele cerco cruel. Já faz alguns anos que vivo foragido numa das mais remotas cidades da Ásia, local onde essas intemperanças do Ocidente ainda não se fizeram tão presentes. Aqui, enfim, encontro tempo para ouvir os pássaros, admirar o firmamento, comover-me com a poesia, sentir os aromas que trafegam no ar e mirar, contagiar-me com as escolhas de sua gente.

05.09.13

O herege

O herege é o fiel que recria e reescreve,
a seu modo, o dogma.

I

No longínquo ano de 1204, no não menos distante porto dálmata de Zara, atual Zadar, apenas dois anos após essa cidade do Adriático ter sido tomada de forma indecorosa pelos cruzados, num conluio com os venezianos, começa a nossa história.

Nesse draconiano período, o papa Inocêncio III, um líder forte e influente, impusera, com vontade férrea, a hegemonia da hierarquia feudal teocrática. Advogou a Quarta Cruzada. Contudo, para que ela se concretizasse, o seu exército necessitou da poderosa frota naval veneziana, uma vez que o Egito seria o alvo inicial; e, como de forma de pagamento, os cruzados, manipulados pelos venezianos, aportaram e conquistaram, com vilania, a cidade cristã de Zara, um sítio estratégico para a república dos doges. Fora uma traição, em que cristãos derramaram sangue de irmãos, igualmente cristãos.

Em cada época da história, as atitudes estabelecidas pelos governantes e pelos seus governados não acontecem ao acaso; elas são a resultante de um emaranhado de ocorrências que eclodem e ecoam, tanto próximo como a distância. Assim, nesse outrora, a Europa abundava em heresias; a Santa Sé queria sepultar essas ameaças à sua supremacia. Como a Dalmácia situava-se numa região de intenso comércio entre o Ocidente e o Oriente, na qual pessoas e ideias circulavam de modo significativo, ali, também, pululavam as heresias; dentre as quais, destacava-se a dos *Benevolentes*.

A noite caía; fazia frio; a lua estava parcialmente encoberta por tênues nuvens, à semelhança de uma renda; um halo levemente alaranjado contornando-a, infundia um quê de enigma ao firmamento. Em uma casa, algo ampla, de espessa parede de pedra branca, o frio não afligia o ambiente, visto que a forja ainda ardia em uma das dependências. Com as peculiares pancadas ritmadas, que só ele com maestria produzia, forjava uma rebuscada espada, Ivan Mihanovic. Esse homem de grande porte, com o tronco e os braços amedrontadores, era o maior espadeiro da costa adriática, encarregado, até mesmo, de fabricar as armas brancas da nobreza veneziana. Entretanto, de modo acautelado, professava a heresia dos *Benevolentes*. Na candência em que se encontrava, em razão do arroubo e do ardor, interrompeu o seu meticuloso trabalho ao avistar sua estimada mulher, Andrija, entrar e dirigir-lhe a palavra; de maneira afetuosa, conquanto denotando certa apreensão, ela lhe disse:

— Querido, seu irmão, Petar, contou-me, com ar de inquietação, que o arcediago de nossa sé virá amanhã vê-lo. Todavia, não sabe ao certo do que se trata.

— Minha meiga, Andrija, não há de ser nada.

E pegando novamente o martelo para reiniciar o empenho, conclui:

— Deve ser uma nova encomenda; os homens, quando tomam apreço pelas guerras, são insaciáveis...

A doutrina dos *Benevolentes* não era de cunho radical como a dos albigenses; admitiam o batismo, assistiam às missas, pagavam o dízimo, embora realizassem um ritual religioso a só eles reservado, cujo tempo foi pródigo em inumá-lo. O dogma dessa heresia sustentava que: tudo o que há, tudo o que age e movimenta, tudo o que se cria e transforma, tudo o que pensa e interfere é o próprio Deus; porções ínfimas de um único Deus que se esfacelou, *num ato de amor*, no momento da criação e, a partir de então, se interage, se imiscui, se amalgma no mistério que é a vida. Portanto, nela todos possuem o mesmo peso; estamos tão interligados à relva do campo, quanto aos seres de nossa espécie. Por isso, eles respeitavam tanto a natureza; somente derrubavam as árvores e matavam os animais com muita parcimônia, motivo por que os denominavam de os *Benevolentes.*

Na manhã que se seguiu, o dia estava regelado, a ponto de os pássaros não se aventurarem a deixar o conforto das árvores. O vento, a sibilar, vinha em lufadas cortantes, como uma lâmina. No entanto, nada desses extremos, promovidos pelo clima, impedira o velho arcediago de sua determinação. O sol ainda irradiava luzes indecisas, quando, envolto por uma samarra, o dignatário da sé bate à porta do alfageme. Convidaram-no a entrar; uma vela bruxuleava num canto; Mihanovic, após ficar a sós com o visitante, tomou a iniciativa da palavra:

— Que necessidade premente traz Vossa Reverendíssima tão cedo a nossa singela casa?

— Palavras sinceras, amigas, densas, venho dizer-lhe. Não se olvide da minha afinidade irrestrita por você.

— Algo de grave ocorreu? – interpelou o artesão.

— Sabe, o Primaz de Veneza, a mando de Sua Santidade, o papa Inocêncio III, virá, em aproximadamente dez dias, à nossa cidade. Está incumbido de banir as heresias. Bem sei, apesar de nunca me ter dito, que você e sua família abraçam a dos *Benevolentes*.

— Mas Reverendíssimo – retorquiu o espadeiro – pagamos o dízimo e acatamos a todos os sacramentos... aceitamos Jesus... somos cristãos...

— Tenho ciência de que a crença de vocês infringe a ortodoxia católica; entretanto, chego a crer, em alguns momentos, que estejam até com a verdade, uma vez que a conduta da Igreja Romana, sobretudo com relação à natureza, é deveras depredadora. Todavia, como a Santa Sé está alarmada com a crescente expansão da heresia cátara, penso ser prudente que deixem a cidade por um tempo indeterminado. De mais a mais, é o Primaz de Veneza que estará aqui inquirindo. Tivemos a prova, inequívoca, há dois anos, quando fomos obrigados a capitular diante da ambição desmedida, da perfídia desse povo. Não se preocupe, já intercedi junto a um pároco, Josip, um amigo dos tempos de monastério, que vive próximo à terra dos húngaros, em favor de sua família para que lá se estabeleçam, até que a ira do pontífice se aplaque. Quanto aos demais, Ivan, não posso intervir, sob pena de levantar suspeitas.

Despediram-se numa emoção incontida; um sentimento de que esse seria o último encontro, vaticinaram. Lágrimas rolaram na face, rubra pelo fogo, de Ivan.

Não tardou para que o espadeiro comunicasse o diálogo que tivera com o arcediago à sua família e à do irmão. Petar, que já antevia do que se tratava, optara por mudar-se para os confins da Sérvia, pátria de sua heresia e de sua esposa, Tanja. Seria a primeira vez que a parentela iria separar-se; uma aura de desalento e pesar inunda o lugar. Asseguraram uns aos outros que nada os desuniria, e que um dia estariam juntos, novamente.

Uma semana depois, com a vinda do inoportuno Primaz, o terror se instalou; muitos foram interrogados, alguns presos, e um ancião, Antun Stolnik, o principal responsável pelos cultos da seita, foi queimado vivo.

II

A fuga de Ivan Mihanovic e familiares, em direção ao exílio, transcorrera sob o manto da dor, devido ao extremo frio que fazia naquele ano, ao pouco tempo que tiveram para recolher os seus pertences, pela ausência dos entes queridos e da saudade que sentiam da casa edificada sobre anos de árduo labor. Mesmo nessa aflição, estavam agradecidos pela conduta decorosa do arcediago. Sua doce Andrija reteve um pranto por vir durante todo o inevitável percurso.

Ao chegarem ao destino, uma aldeia nos arrabaldes de um esquecido burgo, rodeado de colinas repletas de bosques e muito além do mar, o padre Josip os alojou em uma antiga vivenda, próxima à igreja à qual pertencia. O pároco afiançou-lhes que não deveriam temer, visto que, naquela região inóspita, era pouco provável que alguém viesse procurá-los.

Nos meses subsequentes, portando nomes diferentes, deram início à restauração de suas vidas. Andrija e as filhas confeccionaram roupas e instituíram uma agricultura que provesse suas necessidades cotidianas. Ivan, que crescera ao lado da forja, retomou o seu ofício, ainda que de modo tímido. Nesse começo, fabricou instrumentos com propósitos domésticos e agrícolas; no entanto, não conteve o ímpeto e principiou a manufaturar o que lhe dava prazer, as espadas. O padre Josip o advertiu a ser cuidadoso, a nunca rebuscar as armas, com o propósito de não dar margem a suspeitas.

No primeiro verão que passaram nas fronteiras da Croácia, um diácono, sobrinho do pároco, em visita, traz a triste notícia do falecimento do arcediago, vitimado pela hidropisia. Ivan e os seus sentiram-se desamparados; uma névoa de medo os envolveu.

Naquele entorno do decadente burgo, o nobre e alguns cavaleiros já portavam, na cintura, as espadas de Mihanovic. O senhor do castelo, que mantinha relações cordiais com os vizinhos magiares, o povo rijo originário dos Urais, introduziu, paulatinamente, as armas do dálmata em território húngaro.

De nada adiantara as sensatas recomendações do sacerdote; pouco a pouco, movido pela paixão e por uma dissimulada dose de presunção, Ivan Mihanovic foi esmerando o seu trabalho, de maneira que não demorou muito para que sua notoriedade se espalhasse por aquela região da Europa Central. Assim, sem a sábia aquiescência de Josip, desacautelara-se; e junto viera a prosperidade, que, de certa forma, atenuava a sua diáspora.

Os anos deslizavam, sem sobressaltos, com doses incrementais de aclimação e felicidade, conquanto as perseguições às heresias varressem a costa do Adriático, à semelhança do que acontecia em boa parte da Europa como um mar em ressaca. A Santa Sé acabara de decretar guerra aos cátaros, e queria, com intransigência, pôr fim a esses extravios da fé. Para tal, solicitou aos Cavaleiros Teutônicos, que bem conheciam a região, e à diocese de Zara, uma vez que o novo bispo, Tomislav, era bastante alinhado com as diretrizes eclesiásticas daquele então, uma cata tenaz aos ímpios hereges eslavos. Sobreveio uma nova onda de horror, com incriminações, prisões e mortes.

Os teutões já tinham notícia de um artífice espadeiro que fazia sucesso não distante de seus domínios e, após conhecerem a história de Ivan, resolveram, em companhia de alguns emissários do bispado de Zara, averiguá-lo. Ao alcançarem o perdido arraiano burgo, um local paradisíaco envolto num silêncio desolador, só perceberam sinais de vida quando o sino bimbalhou e por eventuais golpes a malhar o ferro. Apearam nas cercanias, entre centenários carvalhos. Um dos integrantes da comitiva, um antigo vizinho de Mihanovic, desde a infância, quis, de sorrate, certificar-se do autor daquelas batidas. Com astutos passos de lebre, caminhou até uma casa de onde surgia o som; perplexo, ouviu, sem lhe suscitar incertezas, as singulares pancadas ritmadas que há muito conhecia. Pelas fendas da gelosia de uma janela, viu, de soslaio, o herético alfageme, absorto, dando forma ao metal bruto. A paz, reconstruída sob os escombros da desdita, mais uma vez, se esfumara. Ivan, sua família e o padre Josip foram, sob opróbrio, encaminhados à cidade de Zara.

III

Os réus passaram a ter como novo endereço as masmorras do subjugado governante croata. Numa manhã fatídica, ao romper da alva, em lástima de condições, levaram-nos ao imponente Palácio Episcopal. Lá, desvalidos, diante de eminentes representantes da Igreja, dentre os quais o novo bispo, Tomislav, e o Primaz de Veneza, Dom Antonelli, foram demoradamente interrogados, muito embora suas sentenças já estivessem previamente determinadas. Num dado instante, antes de os acusados voltarem ao calabouço, Dom Antonelli, com a voz e o semblante denotando ironia amalgamada em ódio, dirige a palavra ao espadeiro:

— Então, quanto esforço para estar perante o renomado e recalcitrante alfageme dálmata... Ivan, o *Benevolente* de Satanás. Vejam que circunstância mais constrangedora: as espadas com que nossos devotos homens defendem a cristandade são confeccionadas por um herege. Do jeito que as coisas têm andado, falta pouco para o Santo Sepulcro ser guardado por um infiel. Que estultice!

— Sou tão cristão como Vossa Eminência. Nossas diferenças são de cunho filosófico; de como seria Deus e o valor das coisas de Sua incomensurável criação; de como Deus gerou o mundo...

Nessa altura, com veemência, o Primaz corta as explicações do espadeiro e comenta:

— Ah, além da arrogância e da apostasia, me disseram que era protegido do arcediago; provavelmente, como você, entregara a alma ao Demônio.

Uma ira inesperada e desmedida, nunca vivenciada, assalta o espírito de Ivan; com a boca seca, em virtude da infâmia e dos impropérios, revida sem tergiversar:

— O arcediago era um homem justo; um homem que seguia o evangelho com decoro.

O Primaz, de súbito, levanta-se e, apontando o dedo indicador, num furor incontido, prossegue com as imputações:

— E como não bastasse, há ainda esse reles cura, esse sacrílego Josip. Parece-me que há um séquito de ímpios a serviço de Satã.

Ivan não se conteve:

— Ele tem condescendência para com o sofrimento alheio... sentimento que lhe falta.

— Cale-se! – Ordenou, por fim, Dom Antonelli.

Três dias depois, Ivan, Andrija e Josip foram condenados a morrer na fogueira. No firmamento, não havia estrelas; seus corpos arderam, diante de uma multidão que compadecia tanto quanto regozijava, de modo rápido. Em nenhum momento blasfemaram contra ninguém; proferiram apenas lamentos agudos e grunhidos de dor, à medida que as chamas consumiam suas carnes. Faleceram com a dignidade dos *Benevolentes.*

Suas filhas, pouparam-nas. Entregaram-nas à guarda de uma abadessa, uma senhora de temperamento magnânimo, que teve como encargo reaver a fé das pecadoras.

Ocorre que, numa noite de lua nova, pessoas ligadas à família do finado Mihanovic raptaram-nas desse "cárcere" e as conduziram a um quase inencontrável vilarejo, num desfiladeiro dos Bálcãs, no qual se refugiara o tio Petar. Ali casaram, tiveram filhos; nunca retornaram onde nasceram.

Por alguma interferência sobrenatural, todos os homens que acolheram o injusto e cruel homicídio, quando empunhavam as espadas de Ivan, elas os traíam. Essas armas, por muitos, foram amaldiçoadas e destruídas, atribuindo-lhes um improcedente poder demoníaco; pois, o alfageme era um temente a Deus.

Essa história ecoou, do Adriático ao Mar Negro, por mais de um século.

IV

Brasil, interior de Minas Gerais, novembro de 2010. Em um centenário casarão de uma fazenda, um senhor exangue e muito idoso, ainda que de posse da lucidez, arfava, confinado ao leito, à espera do afeiçoado sobrinho, Thomas Fraga. Apesar do amplo quarto, o ar estava quente e úmido; recendia os eflúvios da iminente morte. Na cabeceira, à direita, há um médico que o assiste e, do lado oposto, um advogado redige o seu codicilo. Numa sala adjacente, seus parentes, consternados, percebem a chegada do tão aguardado; com rapidez, conduzem-no ao enfermo. Os olhos do mortiço, ao vê-lo, ganharam brilho; pediu para ficar a sós com o sobrinho. Thomas, já sentado, dá-lhe um beijo na face; o ancião, agradecido, finalmente, materializa a sua última vontade. Num misto de dificuldade e satisfação, fala:

— Thomas, reservei o resto das minhas forças para este encontro... Não necessito lhe dizer o quanto o estimo. Saiba, vou lhe contar um episódio, muito importante, sobre nossa honrada família; uma tradição oral de mais de meio milênio. De certa forma, fui omisso devido aos inúmeros afazeres, dispensáveis... hoje compreendo, que a implacável rotina nos leva a inventar. Perdoe-me. No final da narrativa, dar-lhe-ei um presente de valor inestimável.

Como é usual ocorrer, aos que estão para morrer, apresentarem uma melhora inexplicável antes de se finarem, o velho José, esse era o seu nome, descreveu essa narração, com detalhes e sem intervalos, que redigi nas páginas anteriores. Thomas fica surpreso, embora orgulhoso. O tio, reunindo o que lhe restava de ânimo, completa:

— Abra o baú de jacarandá, esse que está perto de você, e retire uma espada envolta num tecido, puído, de lã azul. Essa maravilha é uma das espadas de Ivan, que passou de mãos em mãos, de geração a geração. Reza a nossa herança, que teve início por uma das filhas de Mihanovic, que essa pesada joia, juntamente com a história, deverá perpetuar-se pela boca e pelas mãos de um dos descendentes que, em cada época, se interesse; que, de fato, seja um guardião. Portanto, penso, sinceramente, que você é o único que reúne, na atualidade, essas credenciais.

Estupefato e brioso, Thomas desenrola o pano e admira aquela arma feita com arte. Então, emocionado, comenta:

— Eu sabia da nossa estirpe eslava, mas nunca supus que tivesse um ancestral de têmpera tão nobre.

— Pois bem, meu filho – tartamudeia resignado, nos estertores, o moribundo – o aço dura mais que os sobrenomes; o nosso perdeu-se nas brumas dos séculos, no entanto, essa antiga espada perdura e, agora, pertence a você. Meu compromisso está concluído... sinto-me aliviado.

Estas foram as últimas palavras pronunciadas por José antes de expirar.

Com lágrimas nos olhos, na solidão do espaçoso quarto, Thomas Fraga fecha os olhos do venerável tio. Caminha pensativo até a janela. Por ela, vê seu filho brincar, num grande pátio, na doce pureza da infância, sem fazer ideia do que se sucede; sem fazer ideia do seu passado e do provável destino que abraçará...

06.05.12

Apreensão

A esperança espalha centelhas que suavizam
a mais cruel das aflições: o medo.

A imponente cadela Border Collie, Pipoca, e sua filha, ainda adolescente, Mel, esticaram-se depressa após serem acordadas pelo ruído de pessoas que entravam pelo portão principal da chácara. Correram e, como de costume, observaram o movimento entre os balaústres da mureta que ladeava o terraço superior, no qual se encontrava a residência da propriedade que, na maior parte do tempo, ficava fechada. Soprava um vento fresco, o qual trazia aromas condensados das inúmeras árvores da floresta ao fundo; as maritacas voavam na sua algazarra de sempre. Com a cauda baixa e imóvel, elas espiam o que acontece no portão. Mel quebra o silêncio e pergunta para a mãe:

— O que está havendo?

Pipoca, apreensiva, comenta entre os dentes:

— Há uma movimentação anormal aqui. A cara do nosso dono está triste e, como nunca, tem feito um carinho mais afetuoso em mim; seus olhos parecem inchados. Veja: aquele baixinho alegre, de bigode, que sempre sorri, está aqui de novo; nunca traz nosso dono, só gente estranha.

— E desta vez – comenta Mel – há um homem grande com uma mulher de cabelo comprido.

Pipoca, que nunca se descuidava, pois aprendera com os dias longos e solitários a precaver-se, pede a Mel:

— Vá lá agradá-los; eu ficarei à espreita caso eles a maltratem. Exercite o olfato como ensinei-lhe; sinta se o cheiro é o de pessoas boas.

Era um entra e sai incessante de pretendentes, que se iniciara após Adalberto colocar, de fato, a chácara à venda, a contragosto; sua mulher nunca fora afeita à vida no campo. Nos últimos meses, no entanto, negava-se, terminantemente, a frequentá-la. Assim, para evitar querelas domésticas, não viu outra solução senão se desfazer do seu adorado refúgio. E como os corretores nem sempre levam só curiosos, enfim, um potencial comprador, o Dr. Abílio, um tradicional médico da região, esquadrinhava o ambiente com jeito de quem o quer. De maneira que, dessa vez, as cadelas perceberam que esse acontecimento deu-se diferente dos demais, pois o homem alto, Abílio, e sua esposa não tiveram pressa em deixar o local, além de conversarem, demoradamente, com o baixinho sorridente. Mel, no entusiasmo de sua idade, volta correndo, abanando o rabo; comenta com sua mãe:

— Eles parecem bons; ele até me acariciou.

Entretanto, os dias que sucederam essa visita imprevista e detalhada foram muito difíceis para Pipoca e sua filha; perambulavam cabisbaixas, com passos pesados e indecisos, com receio da separação. À noite, uivavam de desassossego e viam o sol nascer com os olhos como que cobertos por areia. Numa determinada noite, deitadas com os focinhos apoiados sobre as patas dianteiras no aconchego da cumplicidade, o céu estrelado e a imensidão de silêncio, só quebrado pelo chirriar ocasional de uma coruja, acentuara ainda mais a tristeza nos corações aflitos das cadelas. Choraram o possível destino que as aguardava. Perderiam aquela vasta propriedade, os largos espaços só seus? Teriam de se adaptar às vicissitudes de uma vida desconhecida? Pensavam mãe e filha. Então, após olharem-se com uma ternura que as comoveram, Mel, como de costume, interpela:

— Será que nos irão separar?

Pipoca espicha-se, fecha os olhos e abre a boca de sono; reflete sobre a incisiva e assustadora pergunta. Contudo, não tendo como esquivar-se, comenta com desgosto:

— Não sei, filha, de direito penso que somos as donas; nascemos aqui, vivemos e vigiamos este lugar, mas nós, cães, o que somos além de bibelôs e alertadores? Nada filha; nós não temos direito a nada. É bom que você esteja preparada para o que acontecer, embora eu não saiba se estou.

Essa intempestiva revelação embarga a voz de Pipoca. Ela olha para o firmamento; coça a pata com os dentes e prossegue:

— Mel, nunca saberemos se a nossa espécie, em um passado longínquo, acovardou-se; se perderam a coragem de seguir sozinhos como os lobos. Talvez sejamos descendentes de uma alcateia de medrosos, que, diante das dificuldades, que devem ter sido inúmeras, venderam sua liberdade em prol da proteção dos humanos. O certo é que, com o tempo, passamos a depender deles; somos e devemos ser seus melhores amigos. O que importa Mel, guarde isso, é nossa eterna missão de agradá-los, para que não nos separem e nem nos mandem para qualquer mansarda a viver de angu, numa existência movediça e sofrida. Não se esqueça menina, você é filha de uma Border Collie, a raça mais inteligente dos cães!

Sensibilizada pelas prováveis mudanças que se esboçavam e as atemorizavam, Pipoca, aproveitando o ensejo, resolve acelerar o processo de aprendizado e fazer revelações que Mel tanto cobrava. Assim, afora os detalhes sobre o comportamento dos cães que acabara de expor, ela decide contar a identidade do pai para a filha.

— Mel, esta semana você não me perguntou sobre seu pai...

Essa indagação veio de modo inesperado e com a voz entrecortada. Mel, todavia, com os pensamentos ainda absortos pelo que ouvira há pouco, sob o manto da noite que nos deixa hesitantes, não percebe o embaraço de Pipoca. Com a cabeça, agora apoiada sobre o ventre da mãe, Mel desabafa que não consegue pensar em outra coisa a não ser as dúvidas que pairam ali. No entanto, a curiosidade, por instantes adormecida pela singular ocasião, acende como um clarão na escuridão; Mel levanta-se e late de ansiedade querendo saber do seu pai.

— Como é pai, mãe? Como se chama?

— Não se assuste filha, pelo pouco que sei, ele não era de ninguém; perambulava pelas chácaras. Como nossos ancestrais lobos, sabia defender-se. Nunca conheceu essa prisão velada na qual vivemos, por isso o admiro; representa a liberdade. Nunca o vi deitar e pedir para que alguém lhe coçasse a barriga. Ouvi o nosso dono, nem sei se ainda é nosso, chamá-lo, muito irritado, de vira-lata, como chamam os cães vadios. Mas confesso que ele era bonito, de bom porte, carinhoso e, posso quase afirmar, devia possuir algo de pureza no sangue, pois você é muito semelhante a mim, ou seja, ele guardava em si alguma raça não distante da nossa.

— Mas, mãe, por que devia, guardava?

— Mataram-no por pura maldade: envenenado. Não é sem motivo que sempre lhe digo para farejar qualquer alimento antes de comer.

Mel abre e fecha os olhinhos, várias vezes, mirando a delicada luz da Via-Láctea num pranto silencioso. Adormece embalada pelo cansaço de tantos receios e confidências.

Na vida, por mais que as coisas imprevisíveis teimem em acontecer, o tempo equaciona as variáveis de forma inelutável, independentemente do *que vier a ocorrer*. De maneira que, com o andar dos dias, as cadelas começaram a aceitar os fatos com um pouco mais de resignação. Então, em um alvorecer, *o qual detém o poder de serenar as fantasias,* sejam quais forem, Pipoca e Mel reatam o assunto que as inquietava.

— Parece que, de fato, as coisas estão mudando, filha. Não sei se você percebeu, ontem o nosso dono nos acariciou de um modo tão meigo, que seus olhos encheram-se de lágrimas. Porém, o que mais alimenta a minha suspeita, tente lembrar, é que esse homem alto que tem aparecido aqui já nos chama pelo nome. Você percebeu? Ele insinua intimidade; quer nos agradar. Só nos resta esperar para ver...

— Pode ser, mãe. O que notei é que estão nos dando menos banhos; estou coçando mais. Estamos descuidadas.

Quando Adalberto aparecia, elas faziam de tudo para agradá-lo: abanavam o rabo com fervor, davam pulos de alegria, roçavam suas cabeças nas pernas dele, no intuito de dissuadi-lo do que temiam, se bem que divididas quando o doutor Abílio vinha conversar com Adalberto os aspectos finais da compra. De que lado elas deveriam ficar, certa vez perguntou Mel. Todavia, esses diálogos, entre os dois, não se estenderam como em muitas negociações; deu-se rápido o reaparecimento de Abílio com postura de dono. Pipoca deduz; reacende a dúvida; seu coração gela. Por fim, o médico adquire a propriedade e uma reviravolta inicia-se. No dia em que Adalberto chega para retirar seus pertences, o céu estava cinzento e fazia um calor úmido não usual no outono; tudo indicava que iria desabar um temporal. Foi nessa tarde que o antigo dono as deixou, com um carinho pesaroso de quem perdera algo; com a mão fria de angústia daquela definitiva despedida.

Para a felicidade de Pipoca e Mel, elas não só ficam, mas passam a receber atenção redobrada: boa ração, casa nova, petisco para cães e, o mais importante, afeto. Desde então, a antiga tranquilidade, que um dia julgaram eterna, volta a ser uma esperança. Pipoca, no entanto, cadela prudente, acautela-se diante do novo cenário que passa a vivenciar, e instrui Mel como se comportar em relação à nova família para não os aborrecer.

— Filha, mesmo esse homem alto nos tratando tão bem, confesso que ainda sinto saudades do antigo dono; o que há de se fazer... Foram anos de convívio. Não fique com latições, pode desagradá-los. Veja os gatos, só sabem espreguiçar; roçar nas pernas das pessoas. São uns traidores e nada amigos; entretanto, são o xodó de muita gente. Sabe o porquê? Não latem!

Apesar da rotina dos bons tratos não só ter sido restabelecida, mas também ampliada, Pipoca e Mel ainda estavam às voltas com as novidades que não paravam de surgir. Contudo, nada se comparou ao dia em que a esposa do doutor Abílio surge com duas cadelinhas nos braços. Mel foi a primeira a ver; corre para a mãe assustada e diz apreensiva:

— Olha, mãe, a mulher de cabelo comprido apareceu com dois cãezinhos; um é como uma ovelha e o outro... você não acha que se assemelha com um lobo?

— Pode ser, Mel; de fato é muito semelhante a uma raposa ou a um lobo, porém, no fim das contas, é um bibelô, ou melhor, um bibelô na pele de um lobo! Gostam mesmo é de colo; devem ter medo até dos grilos.

A chácara estava realmente descuidada; havia muitos anos que ela não via a mão da reforma. Não só Adalberto, mas os proprietários que o precederam, apenas se preocupavam com a área de lazer no entorno da piscina. Portanto, as cercas estavam rotas; o pomar em total abandono, lar de lagartos, tatus e bichos peçonhentos. O mato crescera na altura de um homem; os canudos-de-pito começavam a se impor naquele terreno, e as poucas árvores frutíferas remanescentes estavam tomadas de pragas. E se essas coisas não bastassem, quando Abílio começa a tomar plena ciência da situação, no intuito de executar o seu projeto de melhorias, dá de cara com uma cena inusitada e inesperada: uma matilha de vira-latas, correndo atrás de Pipoca, apossara-se da chácara, uma vez que a Border Collie entrara no cio. Nessa confusão, a pobre da Mel corria no encalço da mãe sem compreender direito o que se passava.

— Mãe, por que essa cachorrada te persegue, cheira e fica em cima de você?

— Aquela sensação incontrolável voltou; depois eu lhe explico...

E sem poder conter essa intromissão, Abílio fica de braços cruzados, conquanto planeja, para muito em breve, uma definitiva solução. Como Pipoca, pensou o médico, naquela circunstância já estivesse prenha, ele se rende ao acaso. No entanto, a menor, que nascera sem as credenciais do *pedigree*, resolve castrá-la; não queria correr o risco de ver sua propriedade transformar-se em um canil, visto que, em breve, Mel entraria no cio. Sem titubear, Abílio realiza o que decidira; no prazo de uma semana, a cadelinha estava castrada. Mel retorna da clínica veterinária à noitinha; o céu escondera as estrelas e fazia frio. Um pouco desfigurada e com o abdômen enfaixado, enrosca-se ao lado da mãe na casa nova; lambe o focinho de Pipoca na canina alegria de reencontrá-la. Sente-se fraca, embora sem saber ao certo o que lhe ocorrera. Ao notar que o rebuliço havia encerrado, Mel, no conforto daquele acolhimento, pergunta, de modo lânguido, o que tanto a inquietava:

— O que é aquela sensação incontrolável, mãe, que você me disse que voltara?

Pipoca, com seus belos olhos cor de folha seca, derrama um olhar de piedade sobre sua filha, e com brandura responde:

— Talvez você nunca entenda...

Mas o abatimento e o sono apoderam-se do corpo da cadelinha; dorme encolhida junto da mãe. Sonha a doce liberdade de correr ao lado de Pipoca nos amplos espaços que sempre foram seus.

14.05.2017

A sentença do espelho

Segundo algumas tradições herméticas, quando Deus expulsou o homem do paraíso, Ele o libertou da escuridão da ignorância, dando-lhe a oportunidade de entrar em contato com toda a forma de conhecimento que há no enigmático universo; todavia, do mesmo modo, *removeu o véu da virtude que envolvia o seu espírito,* e assim o deixou livre para praticar os mais distintos vícios e iniquidades.

E nesse ambiente impregnado de imperfeições da alma morava Thomas Valois, um recluso habitante de um reino, que nascera com o dom sobrenatural de construir espelhos que refletiam essas desvirtudes quando os que as portavam se posicionavam diante deles. Embora seus espelhos, no início, fossem pouco conhecidos, muitos, destemidos, já haviam aventurado a se postar diante de suas imprevisíveis superfícies. Alguns corriam ou insulavam-se; outros entregavam-se à loucura; *e os que mantinham um verniz de virtude suicidavam-se.*

Esse país, no qual os desregramentos de conduta imperavam, era, paradoxalmente, governado por um rei que se consagrara a uma vida asceta e sofria por não conseguir impor sua autoridade e seus princípios. Na sala do trono, de ar melancólico, havia uma réplica do tampo de mesa do holandês Hieronymus Bosch intitulado "Os sete pecados capitais"; tal como Felipe II da Espanha, sentava-se sempre em frente à pintura antes de tomar qualquer decisão, a fim de torná-la sábia, sensata.

Com o transcorrer dos anos, a situação do reino ficara mais nebulosa; a corrupção, a devassidão e outros deslizes do caráter infiltravam as instituições, a cidade e o campo. O grande anátema que orquestrava, de modo tácito, essas imposturas e licenciosidades era Rudolf Vauthier, eminente advogado da corte que tramava todas as artimanhas *e as trançava numa teia de intrigas inextricável e indesvendável.* Contudo, sobreveio a morte do soberano, e a autoridade real passou a um sobrinho, que, segundo a voz corrente, era ainda mais intransigente com relação à ascese, mas, diferentemente do antecessor, sabia consolidar os seus preceitos. *Como o desejo irreprimível para com as curiosidades, confidências e bisbilhotices não são contidas pela boca do povo e alastram-se como fogo num campo seco,* chegara aos ouvidos do novo monarca o engenho de Thomas. Mandou chamá-lo ao palácio e solicitou-lhe, com o poder que lhe era inerente, a criação de um enorme e bem polido espelho. Estava determinado a dizimar, terminantemente, essas intemperanças da índole. Porém, antes do singular artífice deixar a presença do novo monarca, este, demonstrando, para a surpresa de Thomas, certa inquietação camuflada de curiosidade, indagou-lhe:

— Seus espelhos também são capazes de refletir... as mais íntimas *intenções* das pessoas? de revelar as *ações* malévolas concebidas, no pretérito, pela consciência?

— Creio que não, Vossa Majestade, uma vez que ainda não tenho conhecimento de um material que possa espelhar os pensamentos imersos no pélago da mente; como, além disso, nem tantos ousaram postar-se diante deles.

De modo lacônico, embora cordial, como é costume dos soberanos, despediu-se do fantástico artesão.

A partir de então, de posse das explicações dadas por Valois, o novo monarca implementou uma investigação criteriosa no encalço dos envolvidos nesses desvios comportamentais; no entanto, Rudolf e seus pares, habituados com a histórica impunidade, deram de ombros para a inquirição. Entretanto, a tenacidade do monarca prevaleceu, e muitos começaram a ser incriminados.

Inspirando-se em Robespierre, o novo rei ordenou a colocação de um grande patíbulo em frente ao seu palácio, no qual Thomas, com uma apreciável quantia de operários instalaram, em vez da guilhotina, o enorme espelho requerido, para espanto dos súditos. Logo depois, os emissários reais anunciaram que cada condenado iria permanecer diante do invento para que esse pudesse refletir para todos a sua imperfeição e a sua perversidade, antes de ser conduzido à morte. Paulatinamente, a teia de intrigas foi sendo desfeita, e os implicados desmascarados; por conseguinte, as exposições dos envolvidos não tardaram a iniciar, *para horror e deleite da turba.*

O grande espelho não refletia só a natureza dos sentenciados, mas também a coscuvilhice e o medo estampado nos inumeráveis olhares do povo ante do que pode albergar o coração de um homem. Muitos narraram uma sensação assustadora de que era o espelho que observava, e não o culpado que se posicionava diante de sua magnífica superfície. Disseram os que as presenciaram que essas sessões públicas instituídas com o intuito de moralizar o reino continham cenas mais fortes do que as da Revolução Francesa, já que muitas imagens reproduzidas eram indescritíveis e incompreensíveis para a nossa razão; mesmo assim, muitos, *sob o manto da indiferença para com o sofrimento alheio,* apostavam qual seria o próximo condenado ou o seu sacrilégio.

Rudolf Vauthier já pressentia, depois de muita presunção, que o cerco o rondava e tentara fugir numa daquelas madrugadas após uma comoção popular; no entanto, o seu ardil não lhe mais era útil e, antes de transpor as muralhas, prenderam-no. Foi uma surpresa para todos, uma vez que era tido como um indivíduo de honradez incontestável. Sua aparição no patíbulo, de suma importância como exemplo, foi predeterminada com semanas de antecedência, para que todos pudessem assisti-la. No dia marcado, o local foi pequeno para abrigar tanta gente, que se acotovelava para vê-lo. Quando finalmente surgiu, um alvoroço tomou conta num crescendo, à medida que uma miríade de imagens ímpias, torpes, sem precedentes, eram espelhadas: o reverso do que representava; reproduziam, fielmente, a sua hipocrisia, o que mais soube encarnar. A inquietação começava a ficar fora do controle. Num determinado instante, para a indignação dos ali presentes, impensáveis fatos chocantes foram projetados em derredor da insigne praça: Rudolf e o novo monarca assassinando o velho probo soberano, seguido de reflexos bem delineados que retratavam, de modo claro, ambos numa rivalidade de egos pelo poder e, por fim, o rompimento definitivo dessa aliança escusa.

Thomas ficou boquiaberto com o que testemunhara; atribuiu a façanha ao excessivo tamanho do espelho e ao acurado polimento. Foram visões de contornos tão aterrorizantes, a ponto de distorcer o horizonte; o que impeliu a multidão a correr a esmo, atropelando uns aos outros, em direção ao, até então, insuspeito palácio, no qual o novo rei, na deleitável lassidão que acompanhava a suposta vitória, dedicava-se a seus caprichos.

Nesse frenesi, esqueceram de Rudolf Vauthier; desapareceu, num átimo, sem deixar vestígios. Souberam, anos depois, que falecera como conselheiro de um país distante.

Quanto ao dissimulado novo monarca, o povo reservou o linchamento.

Uma república popular foi instaurada, conquanto por um curto período de tempo. Restauraram a monarquia sob o cetro de uma outra família da nobreza, que desde então vela, com desvelo, o reino.

Thomas continuou em seu recatamento habitual, embora nunca mais tenha confeccionado espelhos que revelassem os deslizes da alma. Entendeu que não era lícito especular a índole das pessoas, afinal, como ele mesmo disse numa ocasião, o homem ainda é um ser a quem, não raro, escapa a retidão. Consagrou o resto de seus anos a brunir superfícies que refletissem as virtudes das pessoas, o que agradou, em demasia, à nova monarquia...

30.03.10
27.03.12

O último verão

Nunca desdenhe os avisos do pressentimento.

Por mais que não queiramos, *a curiosidade tem por hábito armar os seus ouvidos para espreitar os casos alheios;* ainda mais quando são dramáticos ou envolvem celebridades. Assim, conheci essa história num restaurante italiano de um amigo meu em Dubrovnik, na Croácia, entre uma taça e outra do robusto vinho local da uva Plavac Mali. Enquanto escutava o relato, movia lentamente a taça do Plavac e observava a vibrante tonalidade daquele vinho, que me possibilitava envolver melhor no caso. Pelo que soube, tentaram, a todo custo, ocultá-la da mídia, por tratar-se de um segredo de Estado, mas toda vez que surgiam os acordes da música *Back to black*, de Amy Winehouse, muitos a rememoravam, uma vez que essa canção participou do pano de fundo desse enredo recheado de mistérios; *além de ele conter o velho exemplo de que, quando um indivíduo é educado fora do seu ambiente original e dos valores tradicionais do seu país, esses laços esfacelaram-se irremediavelmente.* É natural que eu tenha fantasiado um pouco e adornado com passagens circunstanciais para que ela pudesse ser redigida, entretanto, posso garantir-lhes, que mantive a essência do que ouvi.

Samir El-Ferran era um libanês de aspecto francês, cujo corpo denunciava a sobriedade no comer e o gosto pelo exercício, descendente dos antigos cruzados europeus que estiveram em sua terra multiétnica, forjada ao longo de cinco milênios por diversas alternâncias de impérios. Filho de um rico armador e vinicultor do Vale do Bekaa, passara a maior parte de sua vida entre Paris, Genebra e Bruxelas, motivo por que falava o idioma de Balzac e Voltaire sem sotaque. Com sua refinada educação e a herança que estava impressa nas feições do rosto, davam-lhe as condições perfeitas para aparentar um douto europeu. Essas credenciais não escaparam despercebidas pelas lideranças do Hezbollah, com o qual seu pai simpatizava, razão por que o convidaram a intermediar as ações da organização, assumindo a falsa identidade francesa de Etienne Dubourdieu; dado que teria mais mobilidade pelas fronteiras. Todavia, após alguns anos como agente secreto, os seus compatriotas do Hezbollah, de modo inesperado e distante, alertaram-no de que a CIA (Agência Central de Inteligência) e o MI5 britânico (Inteligência Militar, seção 5) estariam no seu encalço, levando-o a retirar-se imediatamente de cena. Essa mudança repentina na atitude dos membros do grupo o deixara um pouco apreensivo; e por instantes pressagiara que o seu verdadeiro algoz não seriam os americanos ou ingleses, porém o próprio Hezbollah. Contudo, sem acolher a advertência do seu pai que o aconselhara a procurar um local mais reservado como exílio, escolhera a Croácia para esconder-se, pois estava arraigado a uma existência de prazeres, na qual não faltavam mulheres encantadoras, um mar paradisíaco e cidades monumentais, e não conseguiria desvencilhar-se desses costumes.

Num lindo dia de verão, sentado despreocupadamente numa mesa na calçada de um restaurante defronte o azul e cristalino Adriático, no inefável balneário de Makarska, com sua praia de areias brancas tendo ao fundo o imponente maciço Biokovo, viu chegar à mesa ao lado uma morena de rara beleza. *Então, quando alguém tem um pendor para qualquer propensão ou compulsão, diante delas, às vezes, perde-se o equilíbrio ou a compostura;* e foi o que ocorreu com Samir, que ficou admirando-a sem recato, conquanto, para seu espanto, ela correspondia-lhe da mesma maneira. Trocaram longamente olhares; estudaram-se minuciosamente. Desse modo, ele não teve receio em convidá-la para sentar ao seu lado, o que ela assentiu de bom grado; ouvia-se ao fundo *Back to black*; o garçom que os atendeu nas vezes que lá estiveram, a quem também coube a incumbência de espalhar a história, quando soube do ocorrido, lembrou do casal, pois associou essa recordação à música que tocava.

— A Dalmácia possui uma cenografia inigualável, disse ele. Você a conhecia?

— Não, sou recém-chegada; e pelo pouco que já vi, estou convencida de que deve ser um lugar arrebatador.

— Sem duvida, é deslumbrante; e há de tudo que necessitamos para bem viver: um ótimo clima, praias maravilhosas, cidades ricas em monumentos e história, boa culinária e, o que não pode faltar, excelentes vinhos de vinhas autóctones. E por sinal, estou tomando um branco da região, da uva Marastina; leve, fresco e ligeiramente herbáceo. Quer experimentar?

— E por que não? Também venho de um país com forte tradição vinícola, a Espanha. Foi na Andaluzia, minha região, que nasceu a sua vinicultura.

— Certamente; de que cidade você é?

— Sou de Málaga.

Após ela dizer, ele percebeu, instantaneamente, que o seu olhar emanava, irradiava algo mouro, fraterno, familiar, o que o fazia sentir seguro; no entanto, em alguns momentos, havia nele algo de perturbador, um quê de atraiçoado.

— A propósito, seria bom nos apresentarmos; chamo-me Graciela Hernández, e você?

— Sou Samir El-Ferran; nasci no Vale do Bekaa, no Líbano.

— Dizem que também é um belo sítio; porém, juraria que fosse um francês, tanto pela aparência, como pela maneira de falar.

— De fato, muitos me confundem; mas você também fala correto o francês.

— Ah, não com tanta desenvoltura, apesar de morar em Paris há um bom tempo.

Conversaram demoradamente. Ela contara-lhe que trabalhava como consultora de moda, embora estivesse cansada de conviver com pessoas frívolas. Na verdade, o motivo de sua viagem era repensar o seu futuro. Ele, igualmente, expusera uma narrativa plausível para aquele delicado momento em que se encontrava; e relatara que administrava uma das empresas do pai em Dubrovnik. Nas semanas que se sucederam, além de retornarem ali, Samir levou Graciela para apreciar o que de melhor já percorrera; não obstante, Split com o vasto palácio do imperador Diocleciano, a ilha de Hvar com seus campos de lavanda e Dubrovnik, a antiga República de Ragusa, deixaram--na extasiada. Foram dias memoráveis; e viveram, com o auxílio desse cenário singular, um verdadeiro conto de fadas; apesar de ele sentir, de modo inexplicável, uma vaga impressão eventual de estar sendo seguido. Provavelmente apaixonaram-se, visto que fizeram amor inúmeras vezes numa ternura que ainda ambos não haviam experimentado. Numa manhã, caminhando na extensa praia de Gradac, sonharam em residir naquelas imediações; de terem filhos; que até ganharam nomes...

Quem age sob a égide da perfídia, embaindo aqueles com os quais estava comprometido, fica constantemente sobressaltado; e foi apossado dessa sensação que Samir recebeu, durante um almoço, um telefonema, provavelmente, de Israel. A voz do outro lado, de modo lacônico, o acautelara a fugir o mais depressa possível, uma vez que estaria em perigo. Ficara perplexo; sua face adotara uma coloração lívida; parecia transpirar. Graciela percebera a sua afetação, e perguntou-lhe:

— O que houve?

— Nada, um engano.

Ela colocou a sua mão sobre a dele, e a acariciou; ele, imóvel, demorou para recompor-se.

O libanês compartilhava um silêncio com um círculo restritíssimo de pessoas, ele e uns poucos membros do Mossad (o serviço secreto de Israel), para o qual era um espião altamente confidencial. Muito se especulou a respeito da sua deserção. Comenta-se, que teria tido um filho com uma judia filha de um influente político de Tel Aviv, contudo, esse acontecimentos são, naturalmente, ocultados por motivos de segurança.

Passeavam abraçados; trocavam afagos; *cúmplices de um amor que o acaso interpusera,* nas elegantes ruas da Cidade Alta, em Zagreb. Acabavam de visitar a Galeria de Arte Moderna, e saíram espiritualmente recompensados com o que admiraram, nomeadamente do quadro Sonho de Osman, de Vlaho Bukovac; quando, carinhosamente ao pé do ouvido, ela confidenciou-lhe que adorava os palácios e castelos, e que desejava conhecer os Condados do Norte, os quais albergavam inúmeros, pelo que lera, recentemente, numa revista de turismo. A Croácia é um país surpreendente, com uma diversidade de paisagens e arquitetura que impressiona, apesar do pequeno tamanho.

No outro dia cedo partiram; instalaram-se num esplêndido castelo renascentista nas colinas de Zagorje, transformado em hotel. Da janela do amplo quarto, com móveis dourados no estilo Luis XV, observaram vinhedos enfileirados a perder de vista; beijaram-se com emoção. Samir teve um pressentimento conflitante, de ser desacautelado, de perceber o perigo e não temê-lo, e de até querer tê-lo e enfrentá-lo. Seu coração acelerara, embora ela não tenha atentado para isso. Lembra, por instantes, do aviso do pai. Mais tarde, sob uma grande pérgula ao lado do castelo, onde vivia uma graciosa trepadeira, conversaram por horas; refizeram seus planos. Nessa noite, cansados, ficaram no apartamento; o libanês excedera no champanhe; adormecera. Graciela, de sorrate, postou-se com cautela sobre seu corpo, imobilizando-o entre suas bem esculpidas coxas. No som ambiente ecoava baixinho *Back to black*. Inesperadamente, ela introduz na boca do seu indefeso amante uma pistola automática Walther PPK munida de um silenciador, e pulveriza sua medula cervical. Segundos antes do disparo, atônito, ele abriu os seus olhos verdes muito claros; *e talvez tenha compreendido que, naqueles lindos olhos negros amendoados à sua frente, refletia uma alma muito mais árabe do que supusera inicialmente.*

Graciela Hernández, na realidade, era Karima González Sayegh, filha de uma espanhola e de um libanês, e executava um serviço para o Hezbollah.

Um mês depois, em Beirute, mataram-na quando entrava em seu apartamento.

O olhar de Esmeralda

Os pormenores do amor são indecifráveis.

— Mãe, eu sei que pai está apertado com a compra deste apartamento, mas preciso de um vestido novo. Fui convidada para o baile de debutante de Bárbara, filha do Dr. Marcos, no Clube Roma; vai ser uma festa e tanto – disse Ana Luíza com sua habitual doce súplica.

Ana Luíza era, de fato, linda, todavia frívola. Viera de uma família simples que, devido às suas duas belas filhas, tentava ascender socialmente na esteira delas, já que eram admiradas na sociedade local e assediadas em ocasiões festivas nas quais participavam. Ana, a mais velha, por ser a mais bela, foi a mais mimada. Sua mãe e uma tia infundiram-lhe que deveria casar-se, mesmo a contragosto, com um homem rico, independentemente de ele ser bem mais velho ou pouco apessoado. O que importava seria a vida que ela teria e, em contrapartida, a que os filhos receberiam.

Com efeito, o baile dos quinze anos de Bárbara fora magnífico e deixou lembranças... O bufê, a decoração, a música vieram das melhores empresas da capital, especializadas nesses eventos; tudo foi pensado para que nada manchasse essa comemoração. Entretanto, se houve algo que se possa dizer de não previsto, foi o fato de Ana Luíza, literalmente, roubar as atenções de todos para si. Ela andou pelos quatro cantos da festa, cumprimentou as pessoas das mesas, sem se desconcertar; com aquela segurança que é incomum em uma mulher tão jovem. Muitos homens saíram do sério e fizeram comentários e elogios além da conta, encorajados pelo álcool; quanto às mulheres, com um quê de ciúme que só elas têm quando diante da outra que as ofuscam, confidenciavam, entre os dentes, que, realmente, ela era encantadora e estava maravilhosa. De mais a mais, seu poder de sedução chegou ao ponto de ser convidada pelo pai da aniversariante para uma valsa. E sob a luz diáfana que realçava ainda mais o seu contorno e os traços perfeitos, Ana dançou com inusual desenvoltura; fez poses propositais com o olhar de esmeralda, com aquele sorriso faceiro e insinuante que desde cedo aprendera a aprimorar no espelho do seu quarto. Essa beleza embebida em altivez precoce, cujos passos não titubearam no compasso ternário, causou um arrebatamento no doutor Quental, que voltou da festa com o coração nas mãos daquela cena que não mais lhe saía da cabeça. Assim, não tardou para que, desse repentino primeiro contato, surgisse uma relação que culminaria com o noivado.

Naquele tempo, a caminho dos quarenta anos, Eduardo Quental estava solteiro. Advogado laureado e dono de um respeitável patrimônio era acanhado, de corpo macilento e feições não muito harmoniosas. Salvo o prestígio, o conjunto despertava pouca atenção das mulheres. Até conhecer Ana Luíza, seus relacionamentos amorosos haviam sido fugazes e desinteressantes. De maneira que, desde então, esse homem recatado, habituado a lidar com a razão, viu-a ruir diante dessa paixão inesperada e avassaladora. Os pais de Ana, eufóricos, empenharam-se para que a união se consumasse, uma vez que, para eles, o advogado reunia tudo o que sua filha necessitava: ascendência, renome e dinheiro. Portanto, a despeito da objeção de algumas poucas pessoas próximas de Quental, ele a levou ao altar em menos de um ano. Na cerimônia nupcial, a face do noivo transbordava contentamento; seu ar sisudo cedeu lugar a um sorriso ornado de lágrimas. Ela, impassível, derramava o olhar de esmeralda, em doses calculadas, faceiramente. Enfim, após a sentença que sela o sacramento "Eu vos declaro marido e mulher", ele a beija afetuosamente, com um desvelo de quem recebia um presente quase impensável. A felicidade inconteste de Eduardo contagiou sua festa, deixando Ana Luíza à vontade para exercer o seu fascínio.

No início de um relacionamento, não é usual alguém, de imediato, escancarar o seu interior, em parte pelo medo de decepcionar e, dentre tantos motivos, porque muitos nem se conhecem a ponto de se desnudarem. De modo que Ana e Eduardo não fugiram dessa regra; não deixaram vir à tona parte do temperamento. Os primeiros meses do casamento transcorreram como em um conto de fadas, muito embora Ana já demonstrasse propensões que não agradavam o marido. A passos largos, essas propensões foram emergindo, e não demorou para que sua vida orbitasse entre academias de ginástica, salões de beleza, lojas de grife, joalherias... Viagens para paraísos de compra tornaram-se frequentes. Como, nessa altura, ele já estava bem atado na teia de sedução, consentia nesses desejos quase sem a questionar.

Uma vez que Ana Luíza fizera a opção de não trabalhar, Eduardo Quental pressupôs que ela dedicaria parte do tempo aos cuidados da casa; no entanto, fora o espelho ao qual adorava exibir-se demoradamente, seus caprichos consumiam o dia. Porém, para com ele, comportava-se como uma gata: amável, delicada, melosa; sempre dando e desejando carinho, que não tinha fim. Às vezes, Eduardo estava cansado, mas ela insistia nessas meiguices, com aquele olhar lânguido, que formava par com a ociosidade. De quando em quando, sem perder a esperança, ele lhe oferecia algum livro; tentava despertá-la para a leitura, a qual poderia transportá-la a um mundo menos fútil. Entretanto, para o desaponto de Quental, era impossível persuadi-la; demonstrava um interesse momentâneo, que sempre o consolava, mas, como um fogo-fátuo, não conseguia ir além das primeiras páginas. Na realidade, essas escolhas de Ana não o incomodavam tanto quanto o fato de ela não querer filhos para não desfigurar o corpo. Perguntado certa ocasião, por um amigo, como andava o casamento, Eduardo, lacônico, comenta:

— Ela é um pouco distraída com a casa, mas carinhosa comigo.

Eduardo Quental, o advogado reservado, cujos hábitos foram quase monásticos, agora era visto, de modo não infrequente, em festas badaladas e restaurantes da moda, embora omitisse o provável enfado. Em muitas dessas saídas, Ana Luíza usava roupas pouco condizentes com o ambiente no qual estavam, que expunham, sem recato, o corpo torneado por exercícios bem orientados. No final de uma dessas noites, já na privacidade do quarto, Ana, nua, dança uma música sensual, porém muito vulgar, que o deixa desconcertado. Todavia, como ela tinha total ascendência sobre ele, falta coragem para Eduardo comentar o desagrado. Em seguida à dança, a qual lhe rouba o sono, ele conclui que se casara com uma mulher que tinha como fim não erigir uma família; casara com um adorno, uma amante. Entre eles, não havia momentos nos quais compartilhassem conjecturas sobre os problemas cotidianos, o amanhã, filhos, uma vez que Ana vivia rodeada de ilusões e sonhos glamourosos; em um hedonismo que estava enraizado naqueles olhos verdes insinuantes. Assim, Quental percebe que esse traço era algo inelutável, contudo, a vaidade de possuí-la, de ostentá-la, abrandava sua angústia.

Contrariando a opinião geral, que insinuava que eram muito dissonantes para levarem o casamento adiante, os anos seguiam sem maiores percalços. O advogado resignara-se com os modos extravagantes e as preocupações prosaicas de Ana Luíza, e a aceitava sem muito questioná-la; concluíra que a amava. Sua vida recebia a chancela da pacífica adaptação.

Eduardo costumava, ocasionalmente, participar de audiências em comarcas vizinhas, que se prolongavam pelas tardes. Em uma dessas, a testemunha não foi encontrada a tempo, e força-o a retornar cedo. Antes de voltar para casa, ele passa em uma floricultura; gostava de surpreendê-la, oferecer-lhe flores. Com um buquê de rosas na mão esquerda, ele abre a porta do espaçoso apartamento. O silêncio inquieta-o; o ambiente recende a algo indefinido que não o agrada. Porém, à medida que ele se dirige aos aposentos, ouve sussurros que vão se delineando em sussurros do amor. Seu corpo gela; o coração não cabe no peito. Pela fresta da porta, vê Ana na cama com um homem jovem; uma avalanche de sentimentos ruins invade o seu ser e tenta desestabilizá-lo. Entretanto, um *flash* de razão ilumina-o, e o impele a voltar. Para que tomar satisfações, indispor-se em uma situação para a qual não cabe explicações – consegue pensar. Com passos furtivos, sai sem ser notado. Deixa como prova de que ali esteve as rosas, as quais deposita sobre um pequeno console, próximo ao quarto.

Esse dia fatídico e as semanas subsequentes arrastaram-se como uma eternidade para Eduardo; sente um incomensurável desgosto; conhece o opróbrio. Na transitoriedade desse casamento, ele constata o quanto foi ingênuo e insensato; subserviente aos caprichos da imaturidade de Ana, cujas atitudes atravessaram a fronteira da dignidade. Enxerga, com clareza, que ela sempre exibira pendores que anteviam a perfídia. Compreende que aqueles lábios compassivos nunca foram dele e que esse desfecho era inevitável. Convicto das decisões, Eduardo lança um véu sobre esse passado e decide que os termos do divórcio seriam acertados sem a necessidade de encontrá-la. Ana tentou inúmeras vezes que ele a recebesse, fato que nunca ocorreu; ela brincara demais com os afetos.

Hoje, Ana Luíza já não causa tanto encanto; passa de mão em mão. Parece que sua beleza foi quebrada, tal qual um objeto colado. Não sei se ela guarda algum remorso que possa estar desfigurando seu semblante, ou se nossos olhos a veem assim. No coração de Eduardo Quental, ainda há um evidente vestígio daquele amor; contudo, por estranho que pareça, toda vez que ele a vê com outro, esse sentimento vai arrefecendo-se e o deixa mais leve.

A cobiçada viagem impossível

As dificuldades, como as montanhas,
aplainam-se quando avançamos por elas.
Émile Zola

A aurora denunciava a claridade límpida de mais uma manhã próxima ao ano dois mil setecentos e cinquenta. Os pássaros cantavam destemidos sua primeira sinfonia, e uma profusão de tons e aromas exalavam gradativamente à medida que o sol surgia. A atmosfera estava limpa, livre de qualquer poluição, uma vez que a energia era agora extraída de combustíveis à base de hidrogênio, da força eólica, do sol, de hidroelétricas construídas causando o mínimo impacto ambiental, dos resíduos orgânicos e até do calor humano obtido em locais em que há maior concentração de pessoas, como nos metrôs, escolas e aeroestações. Do mesmo modo, no decurso dessas oportunas transformações, as cidades estão muito mais silenciosas, a população da terra não excede os novecentos milhões de habitantes, e tudo o que nela se produz passou a ser biodegradável.

Neste século que então coabito, a humanidade novamente aprendeu a desfrutar as riquezas e maravilhas que o planeta tem a nos oferecer; redescobriu que é parte indissociável dele, e que a real felicidade reside em compartilhar essa união que se perde ao longo das eras. Compreendeu, igualmente, que, no Universo, há uma ordem; que a nossa verdadeira missão é preservar essa dádiva, é almejar a evolução, a transcendência; é buscar essa nova forma de *espiritualidade que gradativamente renasceu do nosso passado longínquo.* Assim, os homens não mais desejam o consumo desmedido que quase tornou, no pretérito, inabitável esse mundo, porém, aspiram a uma longa existência, atualmente possível por meio dos nanochips implantáveis que domaram as doenças e prolongam a vida para além dos trezentos anos. Estes modernos dispositivos, dentre inúmeras funções, modulam a integridade do DNA, fazendo com que as proteínas celulares sejam produzidas com a máxima eficiência. Entretanto, para isso, algumas atribuições foram transferidas para os biocomputadores que telemonitoram esses chips, garantindo-lhes um adequado funcionamento. Essas biomáquinas, por sua vez, estão a cargo de uma nova classe, a dos bioinformáticos, que, segundo a regulamentação do Estado, podem possuir apenas uma empresa, para que a sua disponibilidade, eficiência e competência não seja comprometida.

Theodor acabara de acordar neste dia lindo, mas suas forças estavam exauridas. Sentia-se alquebrado, inapetente; seu coração palpitava e sua memória deteriorava. Esses sintomas, paulatinamente, avolumaram-se nos últimos meses, embora os seus exames e as análises dos seus nanocircuitos não revelassem anormalidades. Não lhe restando alternativa, procurou outra vez o seu clínico particular, o Dr. Manfred. Este, ao vê-lo entrar no consultório, disse-lhe:

— Meu caro Theodor, ainda continua com aquelas queixas?

— Pior Dr. Manfred, estão aumentando.

— Vejamos homem; deite-se nesta cama. Há duas semanas atrás nada encontrei; você bem sabe, mas...

Após um minucioso exame clínico seguido de uma detalhada telemetria das nanotecnologias, o médico não percebeu nenhuma anormalidade, embora algo o tivesse intrigado, pois casos semelhantes ao desse cliente estavam se tornando frequentes. Talvez um novo vírus ou um príon pudessem explicar esses fatos, todavia ainda era muito cedo para conjecturas mais alarmantes. Portanto, no intuito de tranquilizá-lo, sugeriu que recorresse ao seu bioinformático para que este averiguasse, com mais esmero, o telemonitoramento. Ao deixar a clínica, um magnífico edifício de cristal, Theodor desce pelo ascensor panorâmico e percebe as modificações que o outono introduz na natureza. (Essa visão o faz pensar que, porventura, o outono também esteja chegando para ele, e que o seu sofrimento não passa de uma inconsciente relutância em aceitar esse fado.) Em seu autocompacto feito de tilânio, uma liga de titânio e alumínio, movido a quantias insignificantes de água, desloca-se ao encontro de Ralf, ouvindo o farfalhar das folhas rubras.

Ralf era proprietário de uma ciberempresa de nome pouco inventivo, a *Matusalém Biovigilância*. De face arredondada, cabelos crespos e pele clara, sua enorme boca articulava, sempre sorrindo, uma conversa bajulatória e afetada que, ao cabo de alguns minutos, tornava-se enfadonha. Tinha um padrão de vida não condizente com a sua atividade e, pela voz corrente, circulava a notícia de que sonhava realizar uma viagem espacial muito além do cinturão de asteroides para admirar Saturno, um tipo de turismo reservado a uma ínfima parcela de dignatários. Ao ver entrar o seu cliente, apressou-se para atendê-lo:

— Bem sei, Theodor, de novo com embaraço para operar seu biocomputador! Isso não vai ser nada... Já lhe disse que precisa interagir melhor com esse novo modelo; afinal, estamos envelhecendo...

— Ralf não me sinto como anteriormente; ademais, o meu médico solicitou que viesse até você.

Entregando-lhe o vital objeto brilhante, pouco maior do que a palma da mão, e mais fino que a espessura de um dedo, Theodor saiu da bio-oficina enquanto o biotécnico o analisava, e admirou a tranquilidade do arredor que contrastava com sua inquietude interior. No fim de pouco menos de trinta minutos, Ralf o chama e esclarece convincente:

— Como supôs, está gastando dinheiro sem razão comigo; tudo está em perfeita ordem.

Após um fugaz restabelecimento, transcorreram meia dúzia de semanas, e a saúde de Theodor agravara-se bastante. Nesse momento, já demonstrando intenso abatimento e certa palidez, pela terceira vez retorna ao Dr. Manfred, que, preocupado conclui:

— Deveras, é evidente o seu estado de esfalfamento; nunca te vi tão valetudinário. Deixe-me reexaminá-lo.

Em seguida, procede a um esmiuçamento da semiologia e da telemetria. Depois de ponderar, concluiu:

— De fato, houve mudanças. Os seus monochips que dão suporte para os sistemas neuroendócrinos, imunológico e que preservam o DNA nuclear não estão desempenhando na plenitude. Estou convicto de que o problema situa-se no telegerenciamento e não no componente somático. Interessante que, nesse último ano, esses incidentes estão ficando corriqueiros; inclusive, ontem, comuniquei com a autoridade responsável. Apesar de atualmente quase todos da bioinformática estarem algo relapsos, aconselho você ouvir a opinião de outro profissional da área. Dos males o menor, dê-me notícias, amigo! Tchau!

Peregrinou pelas ciberempresas de Dieter e Anton sem lograr sucesso, apesar de que, inicialmente, aquiescessem ao veredicto do médico e realizassem reparos supostamente exigidos. Entretanto, no último estabelecimento, ocorreu um lance inimaginável que o instigou a se comunicar com Manfred. Theodor teve a nítida impressão de ter escutado a fala inconfundível de Ralf nos fundos, delegando ordens. Isso o deixara enleado.

Vários ciberjonais já davam destaque ao grande número de reclamações feitas por vários médicos e pelos usuários lesados ao órgão disciplinador dos bioinformáticos. Havia, até mesmo, uma estatística que mostrava a discrepância do descontentamento em relação às outras cidades circunvizinhas. Suspeitava-se de três mortes misteriosas. Em decorrência desses episódios inusuais, uma criteriosa apuração foi decretada. No entanto, Theodor, depois de muito padecer, achava-se mais aliviado, visto que encontrara Eva, a proprietária da *Cibercronos,* que dera parcialmente fim ao seu dilema, não obstante tenha adquirido um dano renal irreparável.

Não tardou para que as investigações surtissem efeito, pois os peritos, ao fazerem as inquirições das pessoas que se consideravam prejudicadas, constataram que as falhas nas manutenções dessas biomáquinas eram muito similares, independentemente da firma que as executavam, e consistiam sempre de uma telepropagação parcial de determinados componentes. De posse desses detalhes, descobriram que várias bioempresas pertenciam a um único indivíduo, o dono da *Matusalém Biovigilância*, o que era terminantemente proibido. Destarte, ele infringira a lei com um ardil, hoje quase desaprendido: a manobra escusa de possuir algo em nome de outrem.

Desmascarado, premido, Ralf fugiu para o país dos bosques de coníferas, incriminado por três graves delitos: apoderamento indevido das biofirmas, imprudência e negligência no exercício profissional. Todavia, como os nanocircuitos podem ser vasculhados, para a proteção dos cidadãos, por um satélite confidencial do departamento de segurança, ele foi encontrado e entregue à Suprema Corte da cidade-Estado.

No estágio de desenvolvimento alcançado por nossa sociedade, instituições comuns no passado distante, como os presídios, foram praticamente abolidas, uma vez que os crimes são infrequentes. Os poucos perversos existentes, enquanto aguardam o juízo, são deixados em liberdade portando um *implante de vigilância* dentro do tecido subcutâneo que, quando colocado, autoexpande-se e, desse modo, torna-se irretirável.

No dia do julgamento, o austero fórum de granito, aço escovado e cristal, uma releitura atual que rememora os antigos templos gregos, foi pequeno para acomodar os que exigiam justiça. Um conselho de eminentes, incluindo psiquiatras e juristas, foi convidado para assessorar essa inusitada circunstância que destoava dos preceitos de agora, assim como os jurados foram convocados entre os indivíduos mais judiciosos da coletividade. O magistrado que presidiu o tribunal devia ser por demais idoso, porquanto, não só pela aparência, pude observar dois biocoputadores ao seu lado a denunciar os anos. Ele iniciou a audiência com essa severa advertência:

— Na época em que nos encontramos, após um extenso período de muito esforço evolutivo no qual conseguimos mitigar consideráveis deslizes do comportamento humano, como o menoscabo com o planeta, a ganância, a violência, a prevaricação e as vanidades, torna-se imperdoável tolerar transgressões do decoro de tais magnitudes. Assim, sugiro que decidam, com racionalidade e sensatez, o parecer que irão emitir.

Depois, após uma demorada explanação do promotor e uma lacônica e não entusiasmada argumentação do advogado de defesa, o juiz pediu ao réu que expusesse sua versão. Então, com movimentos oscilatórios do corpo, que denunciam momentos de extrema apreensão, Ralf balbuciou, chorando e sorrindo simultaneamente, uma descabida justificação que terminava assim:

— Sabe, Vossa Excelência, estou ficando velho... sempre sonhei viajar até Saturno... ele é tão lindo; um propósito que carrego desde a infância. Contudo, para que isso se concretize, há de se ter muito dinheiro. Para tanto, comprei indevidamente algumas bioempresas de pessoas que passavam por dificuldades ou estavam desestimuladas, tente compreender, meritíssimo, nas quais executava serviços parciais para que os clientes voltassem com mais frequência; desse modo, auferia mais lucro... nada mais. Não me passou pela cabeça comprometer a vida de ninguém.

Nesse ponto, o juiz o interrompeu irritado:

— Que alegação mais estúrdia!

Theodor assistiu indignado ao pronunciamento do dissimulado réprobo. Por fim, a sentença foi proferida pelo laureado magistrado que, com uma expressão facial de profunda revolta e decepção, a leu:

— Creio que a maneira mais ética e econômica para o país de puni-lo pela atrocidade que cometeu é a seguinte: o desligamento de parte dos sistemas de informática que o mantêm íntegro, e deixar que os desígnios das leis do Cosmo se incumbam de sua natural senescência.

Houve quem avaliou a pena como pouco severa. Quando tudo terminou, os próceres mais insignes do Estado soberano, antes orgulhosos de suas façanhas, num conclave de urgência, chegaram à lamentável conclusão de que o homem é mesmo um ser imperfeito, e que, apesar de tudo, a sociedade que erigiram ainda era uma quimera; só possível pela tutela; um sonho, quiçá, inabarcável.

Presenciei muitos contemporâneos experimentarem o seu *paraíso pessoal* desmoronar após esse acontecimento e, por conta disso, não quererem mais perpetuar sua existência. Porém, já se passaram alguns anos nos quais, aos poucos, recuperamos o ânimo e, incólumes, impávidos, continuamos a lapidar o nosso destino.

Posso lhes afiançar que o que acabo de contar foi um episódio verídico. Gostaria que servisse de exemplo para as gerações do porvir.

03.07.11

A encantadora Layla

O verdadeiro amor não se sujeita ao mundo físico.

Era primavera; no antigo e arborizado bairro dos judeus, libaneses e armênios, onde se confinavam os antiquários, uma vez que esses imigrantes têm um especial pendor para esse tipo de comércio, o eflúvio das flores acentuava o encanto daquela manhã ensolarada. Pelas estreitas ruas de casa com cores indecisas, o jovem advogado, Hector, dedicara aquela manhã a vasculhar e garimpar o que tanto apreciava – relógios antigos.

Hector já havia esquadrinhado várias lojas, quando, de súbito, se deparou, em uma vitrine de um estabelecimento de um libanês, que coincidentemente nunca lhe despertara a atenção, com um magnífico Patek Philippe de bolso, datado de 1910. Por alguns instantes, imóvel, admirou aquela cobiçada joia; enquanto conjecturava o seu possível valor, novamente, varreu com o olhar as peças ali expostas. Inesperadamente, *por entre as fendas criadas pelos espaços vazios deixados pelos objetos,* entreviu, de relance, uma encantadora morena, de cabelos longos, a movimentar-se graciosamente pelo recinto. Foi uma cena quase improvável, visto que, nesses locais, habitualmente, de envelhecidos artigos e velhos senhores, o advogado nunca poderia supor que encontraria uma beldade contrapondo àquele cenário.

O colecionador de relógios, com a alma embebida de curiosidade e arrebatamento, entra no antiquário; a bela moça que, com sua fátua aparição, havia abalado o estado de espírito dele, desaparece em meio aos muitos móveis, esculturas, quadros e coisas de toda espécie. Um senhor de semblante afável, pele citrina e sotaque dos oriundos do Oriente Próximo, interpela-o; Hector pede para mostrar-lhe o Patek Philippe. No momento em que seu Samir, esse era o nome do libanês maronita, expunha, com a eloquente habilidade herdada de sua raça, a primazia do exemplar aludido, eis que surge, daquele labirinto formado de objetos antigos, a linda morena que há pouco o advogado vislumbrara. O libanês, que era o seu pai, de modo cortês, pronuncia seu nome – Layla. Essa palavra, articulada com ternura, ressoa, para o colecionador, em cada ângulo do ambiente, em cada ínfima parte do seu corpo. Seu Samir, com gestos amplos que realçam o seu pedido, solicita à filha que retire o relógio da vitrine e o dê ao colecionador para que o veja melhor. Hector, com a delicadeza rompida pelas mãos trêmulas, não tem mais olhos para a peça; só para aquela deusa de admiráveis olhos amendoados verdes à sua frente. O coração do jovem advogado dispara. No entanto, para sua surpresa, percebida mesmo nesse estado de arroubo, ele constata que, igualmente, ela está visivelmente emocionada; tons rubros e lívidos alternavam-se em sua admirável face. Ele reparou, até mesmo, gotículas de um discreto suor brotarem nos delicados pômulos. Então, a essa altura, como obra de algo prodigioso, inimaginável, ambos compreenderam que se completavam; que o acaso, instrumento do destino, os havia colocado ombro a ombro. Por um triz, o precioso relógio não caiu das mãos vacilantes de Hector. Demonstrando evidente acanhamento, com as frases ditas quase sem concentração, ele se despede; promete voltar no dia seguinte para levar a relíquia. Sai com passos instáveis; tropeça no pé de uma cadeira.

Esse prelúdio no qual se encontraram, deixou Hector numa satisfação incontida; assemelhava-se a um devaneio impossível–ficcional. As horas transcorreram sem ele nada realizar; relembrava, de modo incansável, o que presenciara. Enleado de felicidade, não conseguiu conciliar o sono; ansiava pelo novo dia. Assim, nessa noite interminável, achou por bem redigir uma longa carta; expor suas impressões a respeito desse acontecimento surpreendente.

Com a chegada do amanhã, no momento em que julgou oportuno, o advogado, resoluto, retorna ao antiquário, que por ele passara despercebido tanto tempo. Entra; redobra seu contentamento ao perceber que Layla acompanhava o pai. Ela, ao vê-lo, não consegue reprimir sua embaraçosa alegria. *Conversaram demoradamente entre olhares que, com deleite, se vistoriaram mutuamente.* No término da negociação, o libanês dirige-se ao fundo do estabelecimento no intuito de apanhar a caixa, ainda original, do Patek Philippe. Hector aproveita a ocasião para, com um aceno sutil a Layla, depositar a carta dentro de um vaso de porcelana de Sèvres. Ela, mais que depressa, retira-a de modo tácito e a encerra em sua bolsa.

O mais cedo que pôde dedicar-se à quietude do seu quarto, Layla leu, com atenção indesviável, aquela carta, de letras que denotavam uma ansiedade implícita, na qual explicava, além da inaudita conjunção de fatos vivenciados, que suas linhas só foram possíveis, uma vez que ele havia observado, no semblante e nas atitudes dela, uma não dissimulada condescendência. A bela morena suspira profundamente; aperta a carta entre os seios... Retribui a missiva com um afetuoso telefonema.

Travaram um namoro cálido, afetuoso e, para rematar a felicidade que alçaram, tinham como dádiva a aquiescência do senhor Samir. Esse consentimento era assaz relevante, já que Layla não tinha irmãos e perdera a mãe ao nascer. Por um espaço de vários meses consecutivos, experimentaram um enlevo inenarrável; erigiram um palácio de projetos para o futuro. Certa feita, no alpendre da casa da filha do libanês, Hector perguntou a ela o que significava o seu nome; Layla, sorrindo, disse-lhe – *nascida durante a noite.* Também, ao pé do ouvido, confidenciou que, de fato, amava a noite, as estrelas e tudo o que se relacionava ao cosmo.

Por motivos imponderáveis que governam o mundo, pouco antes de se casarem, um acidente de carro ceifa a vida de Layla e poupa a de Hector. Num átimo, a razão de existir, para o colecionador, desmorona como um castelo de cartas que se desfaz com um mero sopro; mergulha num averno pessoal.

Lânguido e com o entusiasmo atirado no limbo, Hector tenta reconstruir sua trajetória; entretanto, suportar seu fado tornou-se uma tarefa hercúlea. Esse vendaval de amargura arrasta, igualmente, Samir, que, de desolação, falece poucos meses depois.

Após esse infortúnio, colecionar relógios, para Hector, passou a ser símbolo de lembranças que lhe causavam profundo dissabor; seus exemplares foram trancados, em caráter definitivo, num cofre.

Como não há meios de ser de outro modo, o tempo seguiu seu inabalável fluxo, levando consigo Hector, que, não obstante, mantinha-se, ainda, desconsolado.

Numa dessas tardes que se prolongam inevitáveis sob o manto de árduos compromissos, o advogado foi surpreendido com uma mensagem de amor em seu telefone, conquanto enigmática, repleta de expressões que assemelhavam-se às de sua memorável Layla. Esse incidente deixou Hector intrigado; *uma brisa ilógica de esperança balançou suavemente sua alma.*

Na noite que sucedeu à incomum mensagem, o advogado dormiu de modo atribulado; imagens com enredos intricados, nos quais Layla era a protagonista, habitaram sua mente. Acordou ao ouvir o carrilhão bater várias vezes, embora fosse alta noite. Levantou-se para averiguar o provável equívoco do antigo relógio. Ao vê-lo, certificou-se de que, realmente, ele estava muito adiantado. Notou, entretanto, que na sala, de maneira inusitada, havia uma fresca atmosfera que evocava o campo; exalava perfumes de flores semelhantes àqueles que sentiu no dia em que conheceu a amada. Além disso, uma estranha sensação de acolhimento fez com que Hector percebesse a presença de alguém. Nesse momento, próximo ao carrilhão, atônito, viu Layla num elegante vestido preto e branco, como na primeira vez em que a encontrara. Sua face, ainda, permanecia muito bela, conquanto houvesse uma palidez algo cadavérica. Supôs estar sonhando; quis sonhar; rogou por esse *sonho* eterno... Imediatamente, sem que dissessem uma só palavra, a saudade envolveu seus corpos de forma ardente, que suplantaram, em muito, as emoções que um casal pode experimentar, tanto no mundo onírico, quanto no real.

O misterioso reencontro infundira em Hector uma obscura intuição de um andar do tempo acelerado; desempenhava seus compromissos desprovido de qualquer empenho, quase num automatismo, como uma árdua etapa a cumprir-se, na esperança de reaver seu indizível *sonho*, que o visitava diariamente.

Por obra do espectro de Layla, o carrilhão, noite avançada, sempre bimbalhava, antecipado, seis horas, no dever de despertar seu amante, que, em pleno encantamento, a ela se entregava por inteiro. No grande sofá, perfumada e nua, ela o recebia, com todo o desejo, com toda a devoção, com toda a ternura que outrora almejara dar-lhe. Até conversavam sobre a vida que poderiam ter construído; se bem que ainda restava, como alento, esse sombrio amor.

Em sua casa, Hector recolocou várias fotos de sua inesquecível namorada; tinha a impressão de que viviam, finalmente, juntos.

Na densidade daqueles fantásticos momentos, em companhia da inefável Layla, a saúde de Hector esfumava-se na proporção de seu crescente êxtase, dessa sinistra volúpia. Não tardou para que os amigos e familiares atentassem ao visível depauperamento e descaso para com tudo; todavia, o advogado, num quase estado alterado de consciência, prosseguia, sem dar ouvidos a ninguém, cada dia mais comprometido com seu insólito caso de amor.

Ocorre que tudo na vida se sujeita ao império dos ciclos inevitáveis, assim, à medida que o voluntário distanciamento social do advogado adquiria uma proporção alarmante e sua vitalidade exauria, Layla compreendeu que o amava demais para continuar com aquela fúnebre obsessão e *atrasou o carrilhão que marcava aquele macabro vínculo;* deu-lhe uma última noite de prazer e um definitivo adeus. Porém, sem o inebriante *sonho* que a trouxera, outra vez, para si, Hector não pôde suportar a penosa dor da ausência. Pouco tempo depois, de forma trágica, ele foi ao seu encalço; ao inescrutável local que, terminantemente, desconhecemos.

O verdadeiro amor não se sujeita ao mundo físico...

11.08.12

A infestação

Somos barcos singrando um mar que é a vida. Por mais que queiramos, não somos os donos dos lemes.

Quando o fim da primavera quase toca o único verão, revoadas diárias de cupins em voos nupciais, a popular aleluia, assombraram o apartamento de Paulo e Marilda por quase um mês. Asas e cupins eram retirados, em quantidade abundante, em todos os aposentos nos quais havia móveis planejados. O casal ficou por demais aborrecido, uma vez que fazia menos de um ano que haviam adquirido o imóvel, cuja senhora que lhes vendeu não poupou palavras para exaltar o impecável estado de conservação. Uma sensação de terem sido ludibriados, e a impotência que advém dessa situação, acossou o espírito dos novos proprietários. Todavia, o tempo remedia as coisas, e uma solução para a praga dos insetos não tardou a surgir.

Entretanto, Paulinho, o filho do casal, foi o mais afligido pelo alado problema, visto que, nos seus vinte anos, já passara por um surto psicótico e, apesar da tragédia pessoal, relutava em fazer uso correto dos medicamentos. O fato é que, após esse enxame de cupins, ele começou a sentir que os insetos tinham se apossado do seu corpo e o devoravam. Então, com esse novo incidente, essa alucinação circunstancial, Marilda e Paulo providenciaram, com rapidez, um modo de dizimar essa inesperada invasão. Assim, a passos largos, chegaram a um tal de Afrânio, dono de uma dedetizadora; acertaram a ida na residência para averiguar qual a conduta a ser tomada. Dois dias depois, lá estava o desinsetizador. Esse homem atarracado, possuidor de uma conversa enfatuada e enfadonha, teceu argumentos com alguns detalhes falaciosos no intuito de auferir mais lucro, pois percebera a apreensão do casal; concluiu que a melhor maneira de dar cabo no alado contratempo seria aplicar um inovador gás mortal para a rainha e sua colônia. Contudo, para tanto, o apartamento deveria ser evacuado e hermeticamente lacrado por, pelo menos, quarenta e oito horas, uma vez que o produto era muito tóxico para os humanos. De início, Marilda e seu esposo ficaram hesitantes em acatar o parecer, porque Paulo sofria de uma grave asma; por fim, como estavam num beco sem saída, aceitaram o veredito.

Em seguida ao regresso ao lar, uma sensação de alívio parecia reinar, todavia Paulinho remoía na cabeça o fato de que todo aquele esforço fora em vão, já que, estando os insetos no seu corpo e provavelmente nos dos pais, a infestação não demoraria a reaparecer. Chegou até a comentar, só por uma vez, o que intuía, porém Marilda e Paulo repreenderam-no, com rigor, do porquê de tanta insensatez. E diante desse acontecido, a contragosto, os pais disseram-lhe que, se não desistisse dessa ideia absurda, levá-lo-iam aonde ele menos gostava - ao psiquiatra. Nas semanas subsequentes à matança dos cupins, Paulinho comportou-se mais arredio, calado; exercitava-se regularmente numa barra fixada no marco da porta do seu quarto. Essas atitudes do filho tranquilizaram os pais; foram interpretadas como um sinal de esquecimento daqueles pensamentos insanos.

Numa tarde, véspera do aniversário de um tio, Paulinho, maquinando de si para consigo, saiu e comprou oito frascos de um cupinicida *spray*; escondeu-os dentro de uma caixa no seu guarda-roupa. Na noite do dia seguinte, na festa do irmão de Paulo, uma chuva contínua deixara o clima muito aconchegante, o que propiciou aos convidados esticar um pouco as libações. Paulinho, sempre pelos cantos, mal abriu a boca. Marilda, inicialmente, ficou um pouco preocupada; houve até quem notasse na fisionomia do rapaz um quê de ardil, de urgência; entretanto, com o tempo, o vinho acaba por desarmar essas apreensões.

Finda a festa, no conforto do leito, o vinho adormece Paulo e Marilda num piscar de olhos. A chuva caía mais intensa. Nas pontas dos pés, Paulinho vai até o quarto dos pais e verifica se a janela estava bem cerrada; sai e retorna com o cupinicida que comprara. Com um lenço no nariz, esguicha, lentamente, cinco frascos do veneno; fecha a porta ao deixar o quarto do casal. De imediato, num desvario, começa a correr pelos cômodos do apartamento ejetando em si, com gestos bizarros, o inseticida. Um mau cheiro insuportável toma conta do ambiente. Marilda, assustada, acorda com uma dor de cabeça lancinante que jamais experimentara; com mãos trêmulas acende o abajur. Nesse instante, vê seu marido ofegante, cianótico e com os membros flácidos; uma náusea intensa sacode suas vísceras. Ainda sem ter um juízo claro do porquê, levanta apressada à procura de ajuda. Ao chegar à sala, um novo sobressalto, pois seu filho, num estado deplorável, deitado e nu debatia-se à medida que balbuciava:

"esses bichos vão nos matar". Ela desata a chorar. Dividida entre o que fazer, grita por socorro. Quando o primeiro vizinho aparece, dá de cara com uma cena desoladora; Paulo já exibia o sombrio aspecto de quem acaba de expirar.

A partir dessa insólita fatalidade, o mundo desaba para Marilda, asfixiada pelo pesadelo que resiste em não ter fim; um vendaval que atolou sua vida num pântano de desesperança e aflição. Quanto a Paulinho, passou três meses numa clínica psiquiátrica. Apesar do tratamento instituído, sua mente opunha-se em desvincular-se da obsessão pela infestação. Poucos dias depois da alta, horas após sua mãe repreendê-lo ao flagrá-lo à cata de cupins num armário, enforcou-se na barra na qual tanto se exercitara.

Não faz muito que vi Marilda na rua... fiquei estarrecido, uma sombra do que um dia fora; quase não a reconheci. O desenho de suas rugas denunciava o sofrimento.

26.04.15

O homem sem sombra

Na vida, soberanas são as surpresas,
e não as certezas.

A lua estava alta e ofuscava o brilho das estrelas. Jonas surgira de uma das inúmeras vielas da favela que divisava com uma densa mata ao pé de um morro e dirigia-se para a sinuosa avenida que ladeava o local. À medida que caminhava, as luzes projetavam uma sombra que alargava ainda mais o seu corpo esguio. Entrou no primeiro bar que encontrou; pediu um conhaque. O ambiente recendia a perfume barato e tabaco. Havia no recinto prostitutas e um travesti que o encarou de soslaio. Suas mãos estavam, como sempre, sujas de iniquidades, só perceptíveis para sua assombrada sombra.

Jonas viera de uma família simples, de valores tradicionais, na qual sua mãe dissonara ao se envolver com um criminoso do qual nunca mais conheceram o paradeiro. Os avós criaram-no com zelo. Até o romper da adolescência, comportou-se de forma dócil e exemplar, contudo, quando essa fase acenou, uma crueldade indômita, pouco a pouco, aflorou de seu ser. Cedo, passou a ser temido no bairro e, não muito mais tarde, no mundo do crime. De mais a mais, o rapaz adquirira hábitos notívagos; como um preparador, circulava pelos lugares mais improváveis, à espreita de uma caça. Conforme os anos entravam, ele ganhava uma aversão crescente pela claridade; o breu o acalentava. Sua retina desacostumara-se do sol; aprendeu a extrair o máximo de nitidez da escuridão. Da noite, tirou as lições que iriam norteá-lo nas escolhas que empreendia, escolhas que acarretavam muita dor e sofrimento por onde seus passos pisaram.

Apesar de não mais exercer o fascínio nos facínoras como outrora, Jonas gostava de manejar a faca. Via na arma branca uma arte, uma atitude viril que dava ao oponente a oportunidade de defesa; algo justo, que reportava o romântico tempo no qual a força e a perícia impunham o tom. Outro traço de seu temperamento era o de não tolerar nenhum obstáculo que estorvasse os seus intentos; eliminava, impiedosamente, qualquer um que se atrevesse a tal propósito.

A escassez da luz, de modo irrefutável, melhor oculta os fatos e as ações, no entanto, quem por ela trafega carrega uma testemunha inalienável: sua sombra. Assim, só a sombra sabe os verdadeiros passos e feitos de quem a projeta. Numa determinada noite, na qual não havia vivalma nas ruas, Jonas caminhava a esmo com um companheiro de ilicitudes. Sem mais nem menos, ele o trucida com incontáveis punhaladas, uma vez que já tinha a mulher do comparsa como objeto de desejo. Esse assassinato motivou algo para lá de insólito, até mesmo para um ímpio: a sombra de Jonas não mais suportou os descomedimentos, as vilezas e as impiedades e abandonou o corpo que um dia lhe dera forma. De imediato, ele achou aquilo estranho, sentiu uma ligeira sensação de vazio e desamparo; pela primeira vez, conheceu o medo. Moveu-se em várias direções e ângulos no intuito de encontrá-la. Entretanto, não tardou para constatar a liberdade; concluiu que, a partir de então, poderia percorrer sem rastro as trevas.

À proporção que os anos cumpriam o inelutável desígnio do tempo, o réprobo amealhava malfeitos sobre seus ombros. Só não eliminou a concubina, porque ela fugira para um sítio inencontrável.

Todavia, de quando em quando, a certa distância, a sombra o espreitava, melancólica, por não mais ter um corpo digno a ostentar. Vez por outra, até realizava movimentos semelhantes aos do desassombrado, como se recordasse, sentisse falta da época que ainda era um simulacro, o vulto de alguém. Jonas, ocasionalmente, a via, o que o deixava embaraçado; intuía que ela o espiava, mas o preço de não mais possuí-la desanuviava o mal-estar.

A madrugada começava a se impor. A atmosfera estava densa; anunciava uma tempestade iminente. Num bar, reduto de delinquentes, Jonas nem ouvia o vento que açoitava os becos e fazia gemer os telhados de zinco. Estava empenhado em beber, jogar sinuca e ufanar-se de sua valentia e façanhas. A certa altura, já com o álcool soberano, indagou se havia, ali, alguém com coragem e disposição para auxiliá-lo em um roubo que arquitetava. Ninguém se manifestou, a não ser um homem pequeno, sentado num canto, com uma repulsiva cicatriz estampada no rosto; chamavam-no de Bola Sete. Os presentes entreolharam-se. Ele se levanta, como para reiterar e ratificar sua intenção. Jonas, com um movimento de extensão do tronco, toma um gole de cachaça e solta uma longa risada; em seguida, comenta que o baixinho, apesar da cara amedrontadora, não era crescido o bastante para acompanhá-lo. Bola Sete, impassível, replica que jamais temera presunçosos. Privado do pleno domínio dos reflexos, Jonas o desafia a um duelo; sua audácia e o seu orgulho não lhe permitiram presumir a astúcia do adversário. Como do nada, uma faca foi colocada numa das mãos do baixote. As mesas foram apressadamente afastadas. Os dois, no centro do bar, começaram a lutar. As facas rasgavam o ar com maestria, numa dança macabra, com movimentos de vida e morte. Jonas sentiu uma intensa vertigem e transpirou; sua guarda foi desfeita, perdida. Bola Sete percebe; num átimo, salta como um felino e golpeia o abdome do rival. Um jorro espesso de sangue brotou como de uma fonte. Houve um silêncio sepulcral. O réprobo demorou algumas frações de segundo para compreender que tudo havia acabado; vencido pela gravidade, desabou.

A face deformada e imperturbável do agressor consternara os afeitos com esses desfechos.

A chuva caía pesada. Estirado no chão, inchado de perversidades, Jonas sentiu, acometido de uma emoção ignorada, que o deixara envergonhado, a maldade fluir à medida que o sangue escorria. Antes de expirar, sua sombra apareceu sem que ninguém notasse; ele teve um alívio quando a recolheu, e ela, igualmente, quando se incorporou a seu corpo.

10.11.13

Um caso insólito

> *Vivemos ombro a ombro com o mistério, embora poucas vezes saibamos. Em verdade, somos o mistério.*

A tarde caía; ao morrerem as luzes, uma chuva açoitava a janela da sacristia da igreja matriz de uma *pequena cidade do interior* não distante do mar. Era o sábado que antecedia o Domingo de Ramos. O velho sacristão, Acrísio Ramos, seu Acrísio como o chamavam, um homem de olhar mortiço que vivia no solipsismo, preparava, com desvelo, os últimos detalhes dos ofícios litúrgicos que ocorreriam na manhã seguinte, quando o jovem coroinha, seu auxiliar, entrou apressado e o noticiou:

— Seu Acrísio, acharam o corpo da Bernadete próximo ao portão principal do cemitério. A cidade está em pânico. Ainda não sabem se foi a tempestade da noite anterior que destruiu o túmulo, ou se ele foi violado. O delegado José Morgado está investigando.

Sem descontinuar o trabalho e desviar o olhar, confidencia:

— Meu filho, o maligno está solto; livre como nunca esteve. Os próximos sete dias são os mais relevantes para a nossa fé, porém, hoje, pouca gente deposita importância nesse fato. Sou caluniado por cultuar mais a morte do que a vida; mais a Paixão do que o Natal. Observe o mistério: até as quaresmeiras estão de luto! No entanto, já não há mais santos nem vestimentas roxas nas igrejas para renderem homenagem ao filho de Deus, que morreu para remir os nossos pecados. Pela bem-aventurança concedida pelo Criador, nasci no seio de uma família devota cujo sobrenome glorifica o sofrimento de Jesus.

— É verdade seu Acrísio, as pessoas estão perdendo a fé; e não havendo orações...

Nesse momento, interrompendo com veemência o coroinha, o velho sacristão sentencia:

— Não tenho a menor dúvida de que nisso há a mão suja do diabo! Ele gosta de insultar Deus.

A procissão de Ramos fora a maior dos últimos tempos, uma vez que aquele episódio insólito aliado ao medo das coisas sobrenaturais, avivou os dogmas da população. O delegado Morgado, estarrecido, solicitou a presença do médico-legista de uma cidade vizinha para necropsiar o corpo da jovem que falecera apenas um dia antes desse ocorrido. Então, o legista, ao concluir a autópsia, com cenho que denotava de modo simultâneo assombro e indiferença, *atitudes adquiridas pelo longo exercício de vivenciar as misérias humanas,* disse ao delegado:

— Excetuando-se as lesões viscerais do acidente automobilístico, há sinais evidentes de abuso sexual no cadáver, inclusive encontrei um líquido pegajoso na vagina, apesar de que não semelhante ao sêmen; vou analisá-lo no laboratório. Todavia, sem querer ser precipitado, tenho plena convicção que estamos diante de um caso de necrofilia.

— Não é possível – exclamou Morgado – essas coisas sórdidas não podem-se tornar epidemia na nossa cidade. Há um ano, enterramos o crápula do Geraldo Rufião, assassinado na penitenciária da capital, um estuprador e um necrófilo incorrigível; o indivíduo mais desqualificado que conheci.

— Pois procure outro, delegado; provavelmente está mais próximo de você do que imagina.

Na segunda-feira, José Morgado interrogou, sem lograr sucesso, vários possíveis suspeitos. Até o piedoso do acólito Acrísio foi inquirido, posto que suas convicções religiosas, interpretadas como necrolatria, eram mal compreendidas pela população. Magoado, sem deter as lágrimas, o sacristão dirigiu-se com estas palavras ao delegado:

— Como é lamentável sua atitude, doutor. Vejo que sua apostasia não difere da dos demais. Não sei se o senhor acatar-me-á, mas o diabo está operando tanto em si, quanto no cemitério!

Por instantes, José Morgado ficou hesitante; o sacristão deixou o recinto sem se despedir. Sentindo-se aliviado com a saída daquele homem que exalava uma pureza de caráter e vaticinava um desfecho enigmático e parvo, o delegado pensou consolado: entre o céu e a terra não há mistérios, há, sim, embustes.

Transcorridos cinco dias da tragédia, na véspera da sexta-feira da Paixão, uma outra jovem, muito estimada na localidade, falecera vítima de uma grave doença renal. Os citadinos ficaram consternados, como igualmente apreensivos. No funeral, as pessoas acotovelavam-se, de tanta gente que comparecera. No momento em que a depositaram no jazigo, debruçados em prantos, havia alguma coisa inexprimível no ambiente que denotava certa excitação hilariante; inquietude que corrompia os presentes, imprimindo um sentimento ambíguo diante da dor, da perda – algo muito além da razão.

Findada a inumação, no intuito de tentar coibir outro ato execrável, José Morgado designou um policial de sua confiança e, após dissuadi-lo de sua relutância, acatou a incumbência de montar guarda na porta do sepulcrário. Plantado ali, procurou olvidar do embaraço daquela inusual tarefa, desviando o pensamento, contudo, a monotonia do dever o fez entregar-se a uma modorra. Despertou, já mergulhado na noite negra, com o rangido de pedras sendo arrastadas. Com o temor diante daquilo com que poderia deparar-se, dirigiu-se até a tumba da recém-enterrada, momento em que observou a lápide afastada. Também, nesse instante, escutou um pigarrear e um trautear de uma canção obscena, que, a julgar pelo que ouvia, asseverou que se defrontava com um som não ignorado. Correu, mesmo nessas altas horas, num desassossego nunca dantes experimentado, para a casa do delegado.

Minutos depois, o guarda postado em frente da residência de Morgado, por um átimo, teve receio de chamá-lo, conquanto a necessidade se impunha. Ao recebê-lo, mesmo roubado pelo sono, o delegado percebe a aflição do subordinado, que, com tartamudeio, explica:

— Doutor, o senhor pode até pensar que enlouqueci, mas tenho plena certeza de que Geraldo Rufião reapareceu e é o responsável pelos acontecimentos horríveis.

— Não vou aguentar! Se não bastasse o seu Acrísio imputar demônios, agora vem você imputar espíritos. Assim, em vez de me ajudarem, quem irá enlouquecer será eu.

— Veja – continuou o policial – eu conheço esse malvado de longa data. Só na prisão daqui ele esteve três anos; não estou alucinado.

— Vamos ao que interessa... afinal o que houve? – retorquiu a autoridade policial.

— Compreenda doutor, estou muito assustado. Presenciei coisas difíceis de entender e aceitar; o senhor deveria averiguar.

— Tudo bem; espere um pouco.

Não demorou para que José Morgado se vestisse de forma apropriada; porém, para o atemorizado guarda, deu a impressão de uma eternidade. Subiram os dois para o cemitério. Durante o percurso, o delegado teve de se conter para não deixar transparecer sua irritabilidade pelas estultices que julgara ter ouvido; ficou encabulado com a sinceridade estampada nas atitudes e na fisionomia do soldado. No entanto, logo após adentrarem naquele ambiente afligidor, notaram que o corpo da recém-finada estava ao pé da sepultura. Havia um silêncio perturbador. O policial não teve forças para mover-se ou articular qualquer comentário. O delegado, igualmente apavorado, se bem que impelido pelo encargo, palmilhou cada canto, de posse de uma arma, pela força do hábito, sem nada encontrar. Então, *como que pela façanha de um ilusionista,* o corpo começou a ser puxado e, inesperadamente, com movimentos que sugeriam que alguém o levantava, ficou suspenso, como se levitasse. Foi uma cena tão improvável, que ambos supuseram estar sonhando. Ficaram paralisados; por um triz não desfaleceram. Despertaram desse, digamos, transe, por grunhidos amedrontadores e risos indecorosos que aludiam a deboche. Esses ruídos sinistros, de modo inequívoco, trouxeram à baila o pérfido, o réprobo Geraldo Rufião.

No firmamento, não havia estrelas; o ar denso, que denunciava um dia quente e chuvoso, infundia mais terror ao que testemunharam. Um galo, em sua intocável imortalidade, cantou. Sem tardar, dirigiram-se para a casa paroquial. Padre Mariano, um moço com pouco mais de trinta anos, mais ligado às causas sociais do que às questões teológicas, acordou desnorteado ao escutar a campainha. Ao vê-los, entretanto, não teve dificuldades de intuir do que se tratava. Atropelando o que o pároco diria, José Morgado, com a face lívida, antecipou-se:

— Padre Mariano, acredite, assistimos, não sei como definir, a um incidente para lá de inusitado; nada arrazoado. Eu e meu soldado, com esses olhos que a terra há de comer, vimos o provável espírito do iníquo Geraldo Rufião apoderar-se do corpo da jovem que ontem foi sepultada. Por favor, solicite o comparecimento, de imediato, do virtuoso seu Acrísio, que já acionei a presença do nosso sábio clínico, o doutor Mendes.

Sem detença, reuniram-se; o chefe policial expôs com detalhes, para a quase incredulidade dos demais, o que sucedera. Inúmeras hipóteses foram postuladas para aclarar se o espectro era uma alma penada ou o demônio em pessoa; todavia, depois de exaustiva argumentação, as duas suposições prevaleceram. Portanto, ao terem como base essa conjectura, solicitaram a Mariano que realizasse um ritual de exorcismo. Contudo, o padre, mais que depressa, refuta:

— Caros amigo, isso não é possível. Como os senhores bem sabem, hoje já é sexta-feira Santa, data de inúmeros ofícios litúrgicos.

Seu Acrísio, que até então havia pouco se manifestado, adverte com severidade:

— Padre Mariano, o senhor não deve se furtar de sua nobre missão, dada por Cristo.

— Muito bem lembrado – comentou o doutor Mendes.

— Entretanto – retorna novamente o diálogo Mariano – nunca realizei esse conjuro; talvez me falte fé para repelir espíritos. Confesso que tenho medo.

— Não se preocupe – concluiu o delegado – estaremos ao seu lado.

Ao terminar a procissão da Via Sacra, os quatro dirigiram-se ao sepulcrário; padre Mariano não conseguia ocultar o seu embaraço. Ao cruzarem a portada, verificaram que o coveiro recolocava o corpo da exumada no devido lugar. Em frente à sepultura negligenciada do perverso Geraldo Rufião, padre Mariano, de modo canhestro, empunhou, com a mão trêmula, a Cruz e esconjurou o ímpio fantasma. Em todo o entorno, havia uma atmosfera embebida de estranheza que emanava uma sensação inenarrável. No decorrer da cerimônia, um sem-número de resmungos, risos sarcásticos, gemidos, palavras impudicas expeliram do jazigo, e, aos poucos, dissiparam-se à medida que a oração proferida pelo religioso terminou. A paz voltava a reinar. Mesmo assim, depois desse acúmulo de fatos circunstanciais pavorosos, eles decidiram resolutos, ali onde se encontravam, transferir os restos mortais do infame para um cemitério abandonado num distrito não muito distante. Morgado, ao deixar o local, a sós com seu Acrísio, desculpou-se pelo equívoco e o jeito descortês com que o tratara.

No lapso de um mês, quando todos começaram a deslembrar aqueles desatinos inconcebíveis, uma humilde adolescente aparece morta ao lado da cova do malévolo, em condições semelhantes às duas moças anteriores. O pavor novamente reacendera. Agora, todavia, não havia só profanação, mas, outrossim, um assassinato; o problema ganhara outra dimensão. Encolerizados, o delegado e padre Mariano indagaram à população revoltada que fim dar ao cadáver do desprezível que permanecia praticamente indecomposto. Acharam por bem cremá-lo e desaparecer com os restos do vil. Muito embora já estivessem antecipadamente cientes da resposta, pediram permissão a um irmão do indigno que vivia envergonhado. Este, sem pestanejar, desabafou:

— Não faço a mínima objeção; esse desalmado manchou o nome da nossa família. Nem a morte foi capaz de deter a sua crueldade. Suas cinzas deveriam ser lançadas, para o bem de todos, em alto-mar.

Acolheram a ideia. Procederam como combinado. Numa vila litorânea, um barco de pescadores foi contratado para selar aquele pesadelo. Ao atirarem as cinzas ao mar, um dos tripulantes, com ironia, desafiou o ignóbil:

— Quero ver você violentar sereias!

Na *pequena cidade do interior,* quando souberam que as cinzas haviam sido despejadas no mar, soltaram, num desafogo incontido, uma chuva de rojões. Semanas depois, verteram uma chuva de lágrimas ao serem informados do sumiço inexplicável da mulher de um pescador nas imediações de onde haviam depositado os restos do excomungado. O padre, num longo sermão dedicado às origens do mal, comenta desiludido:

— Ele tem uma maldade indômita.

No curto espaço de tempo que se seguiu, há quem tenha ouvido um provável grito agônico de uma provável sereia naquelas profundezas. O certo é que nessas águas ninguém mais ousou pescar.

A melodia inacabada

Na música, a sucessão de acordes é um pretexto para contar uma história.

Só me interessei e até nutri uma curiosidade não saudável pelo seu Nicanor e sua irmã, dona Carmem, apesar de já ter ouvido falar deles ocasionalmente, quando mudei para uma casa, adquirida por meu pai, quase adjacente à dos irmãos. Eles viviam num velho e belo sobrado, ainda que um pouco sinistro, aqueles emblemáticos que são da formação da cidade, cujo imóvel ao lado era um ponto comercial, no qual funcionava a loja de penhores do seu Nicanor. Idosos, solitários e oriundos da capital, estavam na cidade há pouco mais de duas décadas.

Sem nenhum recato, seu Nicanor exercia a agiotagem; curvado pelo tempo, andava com passos lentos, cabeça baixa, mãos para trás e, segundo as más línguas, computando juros. Sua reputação não era das melhores, embora, contra a opinião geral, nunca consegui sentir asco pela sua pessoa; discreto, quase não falava e, na realidade, os que não tinham controle de suas finanças que o procuravam. Nunca chegamos a conversar, somente trocamos mesuras. Já dona Carmem, expunha-se um pouco mais; deram-lhe a incumbência de executar o órgão nas missas de sábado à noite. Apesar de sorrir com certo encanto, sua fisionomia estampava tristeza e embaraço. Suponho que nunca aprovara as atividades do irmão. Naquela altura, movido pela singularidade de suas vidas, atraía-me bisbilhotá-los, o que levava meus pais, com frequência, a me repreender.

No sobrado, poucas vezes vi entrar alguém; conquanto na loja contígua, que se comunicava com a residência, houvesse um fluxo pequeno, mas constante, de gente e objetos que eram depositados por dívidas não quitadas ou como garantia de um empréstimo. Não é exagero dizer que, realmente, o único ser que com eles convivia era o empregado do prestamista, de feições atoleimadas, que lá morava e trabalhava. Segundo aqueles, em alguns momentos até me incluí, que fazem da especulação alheia uma profissão ou um prazer, das coisas que entravam na loja, as únicas que não a deixavam eram os pianos. Como até hoje existe um conservatório em nossa cidade, era admissível que aportassem ali alguns desses instrumentos; no entanto, a permanência deles era de difícil entendimento, ainda mais sendo uma peça de grandes dimensões. O certo é que, de fato, isso acontecia e causava estranheza; se bem que, vez ou outra, desprendessem acordes vindos de dentro do sobrado. Nessa época, eu estudava piano para agradar a família, porém o mundo me puxava, desviava minha atenção; havia tantas coisas por descobrir...

Certa noite, quando as ruas começavam a conhecer o silêncio, um fato inopinado veio à tona e modificou, desde então, o meu relacionamento com a música. Pouco a pouco, um som claro e determinado de um piano ecoou pela rua, pela redondeza; uma melodia delicada, na qual os acordes se encaixavam com maestria, como num quebra-cabeça minucioso. Fui pego de assalto, assim como os demais; afinal, a música partia da residência dos irmãos, que sempre esteve mergulhada no isolamento e na mudez. Passada a surpresa inicial, a reação da vizinhança foi positiva, pois embora a música retornasse todas as noites, ela não se estendia pela madrugada. Eu e outros, sorrateiramente, sentávamos no passeio próximo à janela do sobrado; sentia que a mão que tocava tinha uma deliberada precisão. Nas semanas subsequentes, percebi que a melodia, a cada dia, ganhava corpo, tornava-se mais complexa e fascinante, adquirindo a beleza que ocorre nas coisas verdadeiramente inspiradas, criada pela alma, que não admite o fugaz. Ao fim de algum tempo, como era de se supor, esse acontecimento não passou despercebido na cidade. Portanto, num sábado, na escadaria da igreja, quando quase todos se dispersavam, uma professora do conservatório tece elogios à dona Carmem:

— Não sabia de sua habilidade com o piano. A convite de uma amiga, da calçada, ouvi a linda melodia que executava; como se chama?

Dona Carmem, cujos anos não a impediram de se ruborizar, tartamudeia:

— Sou muito tímida; só consigo tocar com mais desenvoltura sozinha.

— Mas como se chama a música? — insiste, com delicadeza, a professora.

— Não me recordo do nome, nem do autor com exatidão; sou tão distraída; trata-se de uma antiga composição de um tcheco.

Sem ser capaz de esconder o acanhamento, de modo lacônico, despede-se.

Numa tarde que se delineava como as anteriores, entre o burburinho de súplicas e solicitações, um devedor se exalta e empurra o prestamista com violência contra a quina de um móvel; o incidente ocasiona-lhe um traumatismo craniano, que o vitima em menos de vinte e quatro horas. Não foram poucos os que comemoraram o funesto destino do velho agiota. Após essa fatalidade, a música cessara; a casa acolhe uma quietude que só se vê no abandono; presumíamos que a dor pelo luto tolhera o desejo de dona Carmem de tocá-la, se bem que continuasse a servir o ofício religioso. Por certo, aqueles memoráveis saraus foram o estopim que me incentivou a prosseguir com o piano; eu os tenho na mente, momento por momento.

Decorridos alguns meses, quando o pó do tempo encobre, às ocultas, a perda e a saudade, a diretora do conservatório, no término da missa, aborda dona Carmem:

— Gostaria de convidá-la a frequentar o conservatório; creio que lhe ajudará suportar as lembranças...; por que não nos mostra aquela encantadora melodia tcheca?

Dona Carmem, acuada, abaixa os olhos, já um pouco opacos pela idade, e diz:

— Gostaria imensamente de tocá-la, mas não sou capaz; além de tudo, encontra-se inacabada...

— Mas como? — interpela a diretora.

Após entreolharem-se com um quê de surpresa e hesitação, dona Carmem a conduz pelo braço até um banco mais reservado; expõe, por fim, o verdadeiro motivo da recusa:

— Meu irmão era um pianista muito talentoso; chegou a ser membro da orquestra sinfônica da nossa capital. Todavia, teve um grande amor não permitido, que destruiu sua vida. O pai da moça, de família rica e tradicional, decretara que sua filha nunca se casaria com um músico, com um homem sem posses. Desiludido, contrai uma súbita e inesperada obsessão pelo dinheiro, embora eu não soubesse, porque pouco falávamos, se para provar para si ou para os outros, que também podia se enriquecer. No ano passado, quando soube que sua amada falecera, começou, com ardor, a compor aquela linda e complexa melodia.

Nicanor, o prestamista, que andava sozinho curvado pela dor, pelos reproches e pelos anos, era o autor! A diretora e logo depois a cidade ficaram estarrecidas; como um ser que exercera uma atividade vil e mesquinha pôde sonegar uma faceta tão delicada?

O cotidiano é moldado por uma coleção de novidades que vão se sobrepondo. Assim, pouco a pouco, esse acontecido foi-se apagando, salvo em minha memória, na qual conservava-se intacta aquela melodia. No entanto, numa determinada madrugada, tive a clara impressão de ter escutado a música novamente, com a mesma sequência das notas, se bem que sugerisse provir de um lugar distante e acrescida de um novo trecho, que por sinal era perfeito. Essa inusitada sensação não foi compartilhada só por mim, visto que alguns da minha rua a tiveram. Muito embora houve quem reafirmasse a veracidade do acontecido, outros, não sei se por medo ou receio, disseram que se tratava, tão-somente, de uma sutil ilusão coletiva que, de alguma forma, orbitava nossos pensamentos. Foi um disse e não disse sobre esse episódio, que por semanas varreu a cidade; finalmente, arrefeceu, pois as pessoas esquecem os fatos com a mesma facilidade com que os captam. Cheguei até a perguntar dona Carmem, muito sem jeito, se ela, por acaso, tocara ou ouvira a música; de modo categórico, me respondeu desconhecer. Diante do inescrutável, achei por bem sepultar o inquietante assunto.

A pátina do tempo já emudece essa história, mesmo assim, ainda permaneço atado a ela. De muito, sem que ninguém saiba, estou às voltas com a composição do Nicanor; tento dar-lhe um final compatível, contudo uma irrefreável força sobrenatural me impede de prosseguir, não obstante ter feito algum progresso. Chego a pensar que essa melodia está fadada a ser uma melodia inacabada, que não se pode apropriar, macular...; no entanto, um leve fio de esperança sussurra o meu coração... e me impele sempre a perseverar.

09.11.14

O segredo de Alphonso Maia

É bom ser cético ante o improvável.

Alphonso Maia acaba de sentar em sua poltrona, a qual fica diante de uma grande janela, e dá asas ao seu dom... Fora um dia de muitas correções, uma vez que os jornalistas mais novos, de modo nada infrequente, estão muito lacônicos ao redigir, o que torna os textos faltos da agradável fluidez. A tarde caía; as primeiras estrelas começavam a pintar o céu.

Maia, de temperamento recatado, era o redator-chefe do maior jornal da nossa capital, cuja vida apoiava-se em dois umbrais: trabalho e dedicação à literatura, embora não prescindisse do restrito círculo de amigos e de alguns amores inconstantes. Apesar de ser um leitor voraz, o talento poético só o visitou tardiamente, após os cinquenta anos. Nos raros momentos de puro ócio, adorava admirar o firmamento, não com o intuito científico de desnudá-lo, mas com o místico intento de comungar com sua insondável imensidão. Assim, seus dias deslizavam quase sem mudar de trilhos, quando, num determinado crepúsculo, coisas muito inusuais, inconcebíveis, aconteceram.

Então, num dado inverno, Alphonso interrompe, por instantes, sua leitura para contemplar os matizes do poente que se lançam no horizonte. Para sua surpresa, não havia a fugaz cor escarlate como de hábito, mas incontáveis tons de azuis, vívidos, que se decompunham com rapidez, na forma de nuvens gigantes, deslocando-se em torvelinho, do ocaso ao levante, à semelhança da aurora boreal. Boquiaberto, Maia sentiu que algo, consciente e sem uma explicação plausível, vinha-lhe pela janela; deixava sua alma divagar, e os pensamentos fluir por sendas inimagináveis. De uma forma estranha, comunicava com ele, impunha outra cadência ao tempo e nas percepções. Portanto, a partir dessa data, travou conhecimento, um pacto quase sub-reptício, com essa insólita entidade, a qual chamou de A Grande Inspiração; *uma energia associativa de todos os sentidos, de todas as fantasias em infindas possibilidades e circunstâncias.* Grandes leituras, grandes análises, acerca do universo e da existência, extraiu desses momentos mágicos. Como consequência, poemas inspirados nasceram e deram certa projeção ao nosso protagonista. Contudo, há de se lembrar que o prestígio fez acender nele um narcisismo progressivo, ainda que tácito.

Com o decorrer dos meses, a atmosfera do quarto ganhou uma densidade diferente; paulatinamente, dissociava-se do espaço-tempo que conhecemos. Dimensões outras, que normalmente ignoramos, emergiram do cosmo. Os enredos dos livros materializavam-se no ambiente, e Alphonso Maia experimentou o inenarrável prazer de ser leitor e personagem simultaneamente. Em outras ocasiões, o aposento flutuava, como uma bolha de sabão, não só nos limites do nosso planeta, como, igualmente, nos confins do universo. Percorreu galáxias e compreendeu que nem tudo o que os telescópios mostram e os astrofísicos elucidam condiz com a realidade. Entretanto, pensava, para que tentar persuadi-los dos equívocos, para que desmascará-los, se o saber que adquirira já era o bastante; logo aquele saber que tinha um quê de secreto. De mais a mais, presumia que a humanidade ainda não estava preparada para receber essas revelações. Desse modo, vivenciava emoções infinitamente mais abrangentes do que a do francês Xavier de Maistre em *Viagem à ronda do meu quarto*. Não por acaso, se hoje é usual dizer que o tempo passa rápido, para ele as horas longe do seu quarto eram intermináveis e enfadonhas. Com os anos, encurtou o labor e os contatos sociais; dedicava-se, quase exclusivamente, aos encantos do *ilimitado sonho desperto* dentro daquelas paredes. No entanto, a cidade cresce e empina arranha-céus; construíram um edifício defronte ao seu. À medida que despontava na vertical, Alphonso Maia perdia o horizonte e sua fonte inesgotável, A Grande Inspiração, arrefecia. Esses fatos deixaram-no consternado. Por fim, quando o concreto encobriu a imagem do páramo, o prodígio dissipou-se.

Um quarto, no conceito ideal, é um projeto arquitetônico que visa proporcionar, dentro do espaço em que se constrói, o máximo de conforto para quem ali habita. Assim, quando bem planejado, leva-se em questão desde as construções vizinhas, a rua na qual está inserido, até a localização do sol. Todavia, para Maia ia muito mais além; era o canal pelo qual interagia com o fenômeno, com o ente arcano, que agora desaparecera. Como lhe faltavam aquelas viagens multidimensionais, os mundos misteriosos... O que esperar de uma rotina árdua sem esses portentos... Sentia-se, verdadeiramente, mutilado. Foram incontáveis as horas nas quais se entregou às conjeturas a respeito do porquê de ter sido um eleito, depois um preterido e a relação daquela energia extraordinária com o local onde residia. E se não bastasse o pesar pela perda da influência sobrenatural, um acontecimento bizarro veio à tona, ainda que não duradouro: os leitores de seus versos, concebidos sob o manto dos transes cósmicos, tinham a impressão, estarrecedora, de que as letras embaralhavam-se e, segundos depois, retornavam à ordem original. A notícia alastrou-se como epidemia. De tudo se falou desse episódio, entretanto prevaleceu, para deixar Alphonso ainda mais enleado, o argumento de que se tratava, tão-somente, de um ardil, previamente estabelecido, cujo fim era promovê-lo; uma tese nada acadêmica que, de algum modo, feria sua reputação. Maia tentou compartilhar o segredo, sofrear o seu drama, conquanto escancará-lo, ponderou, seria inviável; muito provavelmente passaria por insano.

O redator-chefe peregrinou pela cidade durante anos, numa cata infrutífera, à procura de um endereço no qual tivesse um quarto que reportasse às condições daquele que um dia o conduzira para dimensões indizíveis. Seu ânimo descia ao limbo. Se sua vida social já não era movimentada, acabou por adotar a misantropia, que culminou com um desdém para com a modernidade e a expansão imobiliária. As leituras já não lhe proporcionavam o mesmo deleite, a mesma intensidade das quais extraía, no passado, toda a riqueza que estava implícita e camuflada nas belas letras; lê-las fatigava-o. Nas rugas que o tempo sulcava em sua face, havia uma clara disposição imposta pela amargura, assim como em sua obra desse período, nostálgica, pouco vibrante, cinza.

A expectativa de reaver o perdido, que nunca deu crédito ao olvido, trouxe também para Alphonso a velhice. Numa tarde na qual folheava um livro de pinturas clássicas, não se sabe se por acaso, ele se defrontou com o quadro *Narciso*, o jovem de rara beleza que se enamorou de si mesmo, do inigualável Caravaggio. A cena do rapaz imóvel diante de sua imagem refletida na fonte cristalina tocou o seu coração, modificou o seu espírito e iluminou sua razão. Então, ungido pela lucidez, conclui que não foi o edifício que obstruiu a energia, a influência sobrenatural, e sim suas ambições, a vaidade, o narcisismo. Naquela época, passara por uma fase na qual não procurava a verdadeira palavra, a metáfora despida dos adornos frívolos, porém o verso que almejava a fama. *A poesia já não era o fim, ela tinha um fim.*

Alphonso Maia mira o crepúsculo numa satisfação como há muito não sentia. De súbito, o céu voltou, como naquele pôr do sol inesquecível, a tingir-se de azuis fulgentes, cambiantes, movendo-se em faixas com efusão; lembrava as pinceladas de um pintor em plena criação. Reconheceu que o revisitava a tão aguardada Grande Inspiração; sentiu um arroubo descomunal. Imediatamente, em doses incrementais, sabedorias memoráveis foram-lhe apresentadas em distintos planos; entendia-as de modo concomitante. Pôde ler o primeiro tomo do livro perdido do esotérico fenício, Hyrum de Biblos, sobre a verdadeira história do surgimento do homem e das civilizações arcaicas; o relato deixou-o pasmo... De novo, encontrava a interface, os eflúvios celestes e a felicidade inexprimível, embora intuísse que pela última vez.

Como o tempo nesses contatos obedecia a outro compasso, não posso afirmar o quanto durou esse reencontro. Só sei que, quando o acharam morto, segundo o laudo necrópsico, Alphonso Maia devia estar nessa condição há pelo menos três dias. Uma vez que seu coração já claudicava, suponho que faleceu *congestionado por tantas revelações*. Junto ao corpo, debruçado sobre a escrivaninha, havia uma folha com estes versos:

A beleza nem sempre se mostra explícita
Como a de uma rosa que é vista.
Sob o véu que a vela,
Em doses de sutileza, se revela.
A beleza nem sempre é a soma de simetrias,
Mas assimetrias que o cinzel da harmonia,
Ante o fascínio do olhar, concilia...

04.05.14

O fenômeno quase inexplicável

Há mais coisas entre o céu e a terra
do que supõe a nossa vã filosofia.
William Shakespeare

As imagens ainda estão vívidas em minha memória, embora já se tenham passado mais de duas décadas que as presenciei; de inopino, estarrecedoras, desmoronando meus conceitos edificados pela lógica. Nessa época, eu era um cartesiano convicto e depositava uma fé incomensurável nas teorias tecnicistas. O mundo surreal, do arcano, para mim, era uma mera quimera e desdenhava os que nele acreditavam. As coisas do universo são, de fato, um inextricável enigma, e só nos damos conta de suas inconspícuas facetas, quiçá, na maturidade. Todavia, tive a oportunidade de testemunhar uma transgressão da verdade sensível na mocidade, o que viabilizou a maneira como vejo, com um outro olhar, as questões abstrusas que vão muito além do domínio da razão. Infelizmente, hoje vivemos embaídos por incontáveis ilusões evanescentes, que dispersam a nossa atenção da percepção do real entendimento dos mistérios que nos cercam para com aqueles detalhes quase inabarcáveis.

Era noite de inverno; caminhava por um longo corredor que dava acesso ao Centro de Tratamento Intensivo infantil, na ala da pediatria do maior hospital da capital, quando, acidentalmente, ao entrar em uma enfermaria para examinar um pequeno cardiopata, bisbilhotei um diálogo entre o diretor administrativo e o diretor clínico, o eminente Dr. Marcelo Novais. Estavam próximos à entrada do Centro Intensivo; falavam de forma um pouco ríspida, deixando-me perplexo com o que ouvi.

—Dr. Marcelo, disse o administrador, já está passando da hora de você tomar uma atitude e interditar este CTI, antes que essa notícia vaze e se espalhe pelo estado; nossa reputação será seriamente arranhada.

No entanto, o Dr. Novais interpela:

— Você, de fato, acredita nessas tolices? Pensei que fosse menos crédulo; fico consternado ao escutar essas asneiras.

Entretanto, insistente, o administrador argumenta:

— Antes desse acontecimento, sempre julguei que esses relatos não passavam apenas de invencionices, mas muitas enfermeiras e, se não me engano, o Dr. José Antônio, viram esses fenômenos aterrorizantes que chamam de *psicocinese espontânea* ou *poltergeist;* inclusive, no momento, uma funcionária não está de plantão em decorrência do abalo emocional. Disseram-me que, quando essas estranhezas ocorrem aí dentro, surgem batidas ao acaso contra as portas e as janelas; os armários abrem-se voluntariamente; os objetos são deslocados e lançados e, o que é pior, alguns permanecem inexplicavelmente íntegros após despencarem; a corrente elétrica flutua, comprometendo o funcionamento dos respiradores, e até uma lâmpada explodiu. São descrições apavorantes. Hoje tive de implorar aos funcionários para que continuassem no trabalho.

Nesse instante, o Dr. Marcelo Novais esfrega as mãos sobre a face cansada e confusa e, repentinamente, sai com passos largos, deixando para trás o administrador. Fiquei paralisado por instantes, uma vez que a próxima avaliação era de uma criança com uma grave cardiopatia congênita naquele local cheio de assombro.

Depois de muito ponderar, criei coragem e entrei. Estavam todos sobressaltados, *naquela inquietação que aguarda o inesperado; o impensável.* Conversei demoradamente com o médico intensivista, medindo as palavras, uma vez que o assunto causava constrangimento e inquietação; entretanto, depois de muito tergiversar, me confirmou que ele e o Dr. José Antônio assistiram a essas cenas de pavor. Então, entregue em dúvidas e medo, me dirigi ao leito que me aguardava, torcendo para que nada acontecesse, quando, de súbito, um copo espatifou na parede ao lado; ruídos adventícios e bizarros invadiram o recinto; a luz apagou e acendeu inúmeras vezes. *Uma aura macabra apoderou-se daquele ambiente no qual o sofrimento impera.* O tumulto instalara-se; houve quem abandonasse horrorizado aquele sítio, agora, novamente, tenebroso. Atônito, senti uma intensa descarga adrenérgica percorrer o meu corpo e, em um lampejo, *compreendi que, nessas instituições, não há somente desafios de natureza médica, visto que, também em suas repartições, os enigmas afloram e costumam ser mais complexos do que a luta que se trava pela vida.* Desde esse fatídico evento, nunca mais fui o mesmo.

Passados dois dias, os principais jornais da cidade estampavam a notícia na primeira página. Os pequenos pacientes foram transferidos para outra instituição; o CTI fechado e lacrado. A equipe administrativa, ainda que um pouco relutante, contratou renomados parapsicólogos para averiguar os fatos sinistros; havia um professor de uma importante universidade americana. Instalaram câmaras no *epicentro* e em todo o setor da pediatria. Ali fizeram serão. Ao cabo de cinco dias, ao analisar os filmes, constataram, finalmente, a origem do pesadelo sobrenatural. Ficaram boquiabertos ao observar uma luminária pendente acompanhar o movimento de uma adolescente na ocasião em que se dirigia ao banheiro. Inquiriram-na cuidadosamente. Certificaram de que viera de uma família desestruturada; era solitária e emocionalmente insegura, e ficou profundamente abatida quando percebeu o seu primeiro fluxo menstrual, a menarca.

Os especialistas, em uma palestra para convidados restritos, explicaram que a menor apresentava um desenvolvimento psicossexual retardado que, aliado à fragilidade da enfermidade, a impelira a produzir uma paracinese, ou melhor dizendo, o seu componente psicológico, atravessando uma crise existencial, despertou as energias mentais e transformou-as em força física; agiu sobre a matéria a distância. Se não bastasse o que acabara de ouvir, o americano propôs uma hipótese ainda mais esdrúxula e inusitada: de que a criança (agente) poderia servir unicamente como elemento catalisador de uma fonte ainda ignorada pela ciência. Ao sair, concluí que tinha uma cordilheira de conhecimentos para escalar... o quanto estava míope.

Transcorreram dois anos antes que o CTI reabrisse. Recentemente, já passadas duas décadas, me contaram que, em suas dependências, até hoje, um quê de receio entranha o lugar e, a cada vez que o caso é relembrado, adicionam uma parcela de terror e fantasia. São essas novas narrativas que mantêm a história viva, embora para mim ela sempre tenha se mantido muito viva.

07.06.11

O ouro da desonra

Muita facilidade para reproduzir o que a natureza obteve em milênios é digno de suspeita.

Essa história se passou há muito tempo, numa pequena cidade interiorana, na época em que era raro ver um automóvel rudimentar, e o impensável hábito de não andar calçado era usual. O cenário essencial no qual os fatos transcorreram deu-se num casarão centenário, com a farmácia que ocupava parte dos aposentos, próximo à igreja e ao clube local, que viu nascer os muitos filhos e netos do casal Carolina e do farmacêutico José Guedes. Entretanto, o que motivara todo o desenrolar do acontecido e que sempre promoveu o sucesso da farmácia do Guedes e, por conseguinte, da sua família, foi um invento, uma fórmula guardada a sete chaves e não revelada a ninguém, o qual o boticário detinha desde a faculdade: o tão cobiçado Pó Maravilhoso; um pó branco e brilhante que serenava e curava muitos males do aparelho respiratório superior.

Os anos cumpriam o seu indesviável dever; Guedes envelhecera sem que nenhum dos filhos se interessasse em sucedê-lo. Restou a um neto, Lúcio, dar continuidade à botica, embora, desapontado, não obtivera do avô a esperada confidência do medicamento miraculoso; a senilidade acentuara no boticário o ciúme, o sentimento de não compartir o segredo. Assim, quando ia manipulá-lo, com alegações evasivas, pedia ao neto que se retirasse ou realizasse algo não oportuno; no isolamento proposital, reproduzia, com orgulho, sua proeza.

A sala de jantar comunicava-se, por uma porta, com os fundos da farmácia; sentadas, a avó e as tias solteiras tomavam café; a mais velha, absorta, modelava patinhos com miolo de pão. Foi uma cena quase improvável, que sufocara ainda mais os presentes, naquela tarde quente e sem ventilação, a que Lúcio, alarmado, contou ao entrar:

— O vovô está há horas na mesa na qual prepara o Pó Maravilhoso; ele mal me responde. Seu olhar está vago, parece mirar o nada. Não quero pensar no pior, mas presumo que, talvez, tenha esquecido a fórmula... Nos últimos meses, eu o vejo mais lento e indeciso nos seus atos... Há tantas encomendas...

Com efeito, um quadro demencial instalara-se de modo irrevogável; sepulta, nos confins da mente, a fórmula. A farmácia declinou na mesma rapidez com que a doença furtou a vida de Guedes e as ambições do neto. Desolado, Lúcio não sabia como proceder, pois o que realmente auferira lucro para aquela grande família que, de certo modo, sempre viveu com razoável conforto, era a fórmula perdida. Desde então, angustiado e falto de ânimo, passava os dias prevendo um devir nebuloso, o fim de suas aspirações, já que decidira depositar todo o seu futuro naquele estabelecimento tão antigo, tão conceituado e solicitado, que agora ficava órfão da exclusividade que o mantivera.

Poucos meses depois, num alvorecer, Lúcio sonhou com anéis de benzeno que se entrelaçavam, sobrepunham-se, giravam, pareavam, fundiam-se, até que o sonho clareou e adquiriu uma nitidez quase real. De súbito, Guedes surgiu e, resoluto, afastou da imaginação do neto, refém do desalento, aqueles hexágonos; com um gesto aquiescente, ele o conduz até um deslembrado armário, situado num canto da botica, e ensina-lhe como combinar, no almofariz, vários sais que o jovem nunca havia manuseado. Esboçando um sorriso, Guedes desmaterializa-se em vapor e dissipa-se no mundo onírico. *Lúcio é despertado pela esperança;* rememora a lição e a mistura; por fim, pressupõe que o avô viera, em sonho, socorrê-lo, soerguer o prestígio com o legado agora transmitido. Sem se trocar, levanta-se e corre para a farmácia para testar o que aprendera.

À medida que os componentes sonhados foram cuidadosamente incorporados, um pó de matiz dourado e consistência de metal ganhava corpo de modo gradativo, *na proporção que o espírito de Lúcio oscilava da decepção à fascinação.* Refez a experiência várias vezes; o resultado reprisava-se; por último, supôs ser ouro. Contou, com uma euforia não contida, para a avó e as tias o que se sucedera; nenhuma delas acreditou na interferência do saudoso José ou das mãos de Deus. Tiveram um mau pressentimento.

O único ourives do lugar, raso em conhecimento, foi categórico ao afirmar que se tratava efetivamente de ouro, embora ninguém soubesse de onde tirara o argumento, alertou para que nunca se fundisse o metal antes do prazo de um ano, visto que, por se tratar de matéria recém-criada, o derretimento poderia alterar suas propriedades intrínsecas.

Como é nata nos humanos a propensão ao lucro fácil e à cobiça, a compra daquele suposto ouro, vendido a um preço módico, alastrou-se como uma epidemia na região. Trocá-lo por anos de economias era comum naqueles dias. Lúcio, a partir de então, conheceu o dinheiro fácil e os amigos de última hora; dedicava-se, para suprir a demanda crescente, do nascente ao poente, à mágica manipulação do pó reluzente. Assim, diante dessa guinada surreal, no velho casarão não se falava mais no milagroso remédio do Guedes; só se via um entrar e sair incessante de pessoas, muitas delas estranhas, para o desgosto da avó e das tias, que redobraram as orações para dar fim àquele alvoroço insólito. *Contudo, como as convicções e os delírios não estão imunes às eventuais hesitações,* o neto, em lampejos de lucidez, chegou a duvidar da veracidade daquele sonho e de seu desdobramento, conquanto tenham sido muito breves esses momentos. Durante essa época, a cidade parecia um eldorado, sem os contratempos que um garimpo traz.

Todavia, um pouco antes do período vaticinado pelo ourives, uma repentina reviravolta desmoronou o devaneio e os propósitos de Lúcio: o suposto ouro dos primeiros compradores enegreceu à proporção que perdia a natureza de metal. A notícia correu como lebre acuada; uma multidão invadiu o antes distinto lar munida da cólera, da calúnia e do desejo de reaver o dinheiro. Apesar da grande desonra que varreu a família e acabou por vitimar a avó, o desfecho desse desvario não os surpreendeu, uma vez que nunca viram com bons olhos o que ali acontecia.

No decurso de horas, a honra e o juízo de Lúcio viraram escombros. Passou o resto de seus dias trancado num quarto, afligido, sonhando sonhar com a antiga fórmula que lhe restituiria a dignidade. Não logrou vida longa; carregou até o túmulo o epíteto de impostor.

O mais lamentável nessa história, e ainda ecoa, deve-se à insensatez de alguém que ousou maldizer que, no fundo, o grande trapaceiro era o avô, pois, como não tivera coragem de realizar o embuste em vida, o realizou pelo intermédio do neto.

12.01.14

O último ato

Até nos mais sublimes astros do firmamento,
encerram-se mistérios e uma revolução de átomos.

Seria um dia como outro qualquer, na pausa do café, na monótona burocracia, que aflige os anos daquele banco, se não fosse uma notícia horrenda, veiculada em um jornal local, que deixou todos estarrecidos. Nos arrabaldes da cidade, duas mulheres jovens, em adiantado estado de decomposição, foram encontradas com sinais de violação e estrangulamento, num caminho baldio, uma trilha quase desativada, que ladeava a mata fechada de uma reserva florestal. Os bancários, indignados, ajuízam o que leva um indivíduo a cometer essas atrocidades; comentários de toda ordem irrompem, contudo, um deles, o do gerente Gérard, atraiu os olhares e os ouvidos pela metáfora inusual: o homem é o reflexo da diversidade do universo, de como a volúpia é capaz de ações tão perversas, ao modo de um buraco negro, que sequestra sem permissão. A mudez se impôs ante excêntrica apreciação; absortos pelo que ouviram, retornaram ao trabalho.

Gérard, com pouco mais de trinta anos, era um homem bem-apessoado, quisto pelos vizinhos e colegas de banco, embora a timidez, o recato e certo solipsismo, traços de sua personalidade, imprimissem-lhe ares de mistério. Dedicava-se à profissão com incomum afinco, motivo de sua ascensão precoce a um cargo de liderança. Filho de pais separados, que emigraram para a Europa em busca de aventuras e dinheiro, fora criado por uma tia, com certa atenção, conquanto nunca deixou de se sentir um intruso naquele lar. Empenhou-se nos estudos; cedo alçou independência.

O fluxo do tempo escoou mais lento para Gérard no decorrer desse dia, saturado de sentimentos de indignação e ponderações morais, que, volta e meia, arrebatavam a atenção dos bancários. Após o expediente, o gerente, no aconchego de sua casa, de modo demorado, se banha. A custo, procura se relaxar, deslembrar o que ouvira, mas não consegue; cenas de crimes hediondos orbitam a sua paz. Sem interromper o hábito, dirige-se ao computador; acerta, para o fim de semana, os últimos detalhes de um encontro com uma nova amiga que conhecera num *site* de relacionamento.

Na madrugada que sucedera a essa saída, um vizinho insone o viu deixar e chegar, por duas vezes, ao sobrado no qual residia, pela garagem, que dava acesso direto aos aposentos.

Nas noites subsequentes, sob o jugo de sinistras inquietações, Gérard passou a despertar, transpirando e gritando, de pesadelos, que, mesmo *na imensidão de possibilidades que rondam os sonhos,* tinham idêntico enredo: a cena de uma pessoa, sem face, que ocupava, sorrateiramente, seu leito e o expulsava de forma assustadora e violenta. Compreendeu, depois de muito aquilatar, que o ser desfigurado era o seu lado sombrio, que, a cada dia, apossava-se do seu espírito, de suas virtudes, do seu corpo, do seu caráter.

Três semanas se passaram, quando um cadáver de outra jovem é descoberto, no crepúsculo da manhã, em iguais condições aos dois anteriores; abandonado, desta vez, em uma extremidade oposta da cidade, num desordenado matagal, próximo à rodovia principal. Os médicos-legistas descobriram, no corpo da vítima, traços de álcool e narcótico.

A notícia ganha, quase de pronto, notoriedade no banco, entretanto, Gérard, com o semblante a afiançar um quê de culpa e hesitação, comenta, lacônico, que se trata de um desajustado, alguém que não merece viver. O gerente teve uma colossal dificuldade para suportar esse dia, uma vez que a ansiedade o sufocava; sentia-se no cume de uma enorme cordilheira, com nuvens a cobrir os pontos cardeais. Nessa noite, encontraria uma moça com quem já falara, de modo eventual e fugaz, num *shopping,* em tardes de sábado; uma mulher tímida, de uma beleza contida, de modos protocolares.

As últimas horas que precederam o desejado momento de Gérard vir a ter, perto de si, a garota de beleza contida e modos protocolares, transcorreram numa lentidão quase intolerável, fruto de apreensões e da expectativa que carregava. Elegeram, sem objeções, jantar num elegante e tranquilo restaurante italiano. O gerente se esforçou para demonstrar naturalidade; dissimular essas inquietações da alma que o estorvavam. Conversaram, num surpreendente clima espontâneo, variados assuntos, até sobre suas vidas, como se se conhecessem há anos. Gérard a convidou para ir à sua casa, não obstante tenha comentado, em tom de quem espera ouvir assentimento, se ela não nutria algum receio nesse aceno. Ela aquiesceu ao dizer que já havia intuído nas mensagens e ali, no brilho do seu olhar, uma lisura cristalina.

A noite se impunha; a janela da sala estava entreaberta; o vento movimentava a cortina como uma chama e quebrava o silêncio com um discreto ciciar. Gérard, com modos litúrgicos, coloca sobre a mesa duas lindas taças bordadas de cristal da Boêmia; abre um emblemático *champagne* francês. Uma atmosfera de nostalgia, um quê de despedida pairava no ambiente. Ele a fitou de soslaio e percebeu que estava à vontade; pôs, com gestos lentos, o espumante nas taças, observando o evoluir das pequenas bolhas. Então, o gerente, com a mão ligeiramente trêmula e a voz sem titubear, levanta a taça e propõe:

— Um brinde ao meu último ato, a um *grand finale*.

Ela, sem atinar, brindou. Ele bebeu cianeto e ela, livre do poderoso narcótico que sedou as três trucidadas, apenas *champagne*.

Segundos antes de falecer, já esboçando algumas contrações que antecipam a morte, Gérard lhe entregou, com dificuldade, uma carta que jazia num canto da mesa de centro. Nesse instante, viu, no rosto da moça, as faces de horror e sofrimento de suas vítimas.

No banco, muito relutaram em admitir; outros, com clareza, relacionaram suas esquisitices e o estilo recluso com os execráveis fatos. A polícia ainda não estava no seu encalço, visto que era insuspeito.

Em linhas gerais, a missiva narrava que o gerente, desde o final da adolescência, fora acossado por pulsões obscuras e irrefreáveis; impeliram-no a uma ineludível inclinação para o sadomasoquismo, que degenerou, anos mais tarde, à necrofilia. Pensara em procurar ajuda, no entanto faltou-lhe determinação. Mesmo ciente da impossibilidade, desculpava-se. Sem poder mais aguentar esse desvario, livrou-se do mal, ao impor-lhe um fim trágico, porém lúcido a um réprobo. Por fim, detalhava, com um argumento insólito, que realizava esses atos sórdidos na lua nova, na ausência do astro; associava a escuridão da noite à escuridão em que seu coração se achava.

A metáfora inusual que Gérard dissera, por mais que nos pareça estúrdia, não é de todo improcedente; o homem, de fato, não deixa de ser o reflexo da diversidade do universo...

26.03.13

O desvio

A forma de aparecimento da vontade é só o presente, não o passado nem o futuro; o presente é a forma de toda a vida.

Arthur Schopenhauer

Confesso que, por semanas, hesitei em redigir esta insólita história, uma vez que, de certa maneira, fui um espectador indireto desse episódio estarrecedor que muito me comoveu, além de o protagonista ser uma pessoa por quem eu nutria afeto. Verdadeiramente, queria esquecê-la. Todavia, uma abstrusa obsessão que tangenciava a insensatez apoderou-se de mim, impelindo-me a revivê-la.

Nossa psique alberga, de modo inconsciente, um incomensurável número de pulsões, referências e experiências imanentes, adquiridas ao longo de nossa inextricável evolução, mas que podem aflorar de forma circunstancial quando as forças que governam os dogmas sociais que abraçamos se esfalecem, num determinado período de nossas vidas, acarretando respostas supostamente dissonantes em relação à esperada reputação de como éramos ideados. Esses comportamentos, por fim, acabam por criar inúmeras oportunidades para que o indesejável se instale – num enredo de dúvidas. E foram precisamente esses desvios que ocasionaram essa misteriosa tragédia.

Antônio Bento era um negro alto, forte, já idoso, de fala mansa e extremamente amável que frequentou o meu consultório por vários anos, visto que era portador de uma grave cardiopatia que ameaçara o seu viver. Assim, devido ao empenho que tive para com ele, muito me estimava; chegava a chamar-me, carinhosamente, de pai. Viúvo de dona Tina, uma exímia cozinheira, não tiveram filhos. A perda de sua companheira o deixara inicialmente num grande vazio existencial. Então, após alguns anos de intensa dedicação à memória de sua querida finada, em que frequentemente narrava os dotes dela aos que o visitavam, mitigando desse modo a saudade, uma incompreensível permissividade para com as coisas que sempre abominara foi apropriando-se paulatinamente do seu espírito. Para surpresa de todos, sua casa se tornara um covil de jovens pervertidas sedentas de sua aposentadoria. Mandou até fazer um enorme banco de madeira que colocou no passeio, próximo à porta de entrada, no qual passava os dias trocando afagos com essas devassas. Certos amigos mais próximos até tentaram dissuadi-lo dessas indesejáveis companhias, embora ele não lhes desse ouvidos; muito pelo contrário, jactava-se de tê-las ao seu lado.

Quando a luxúria se apodera da alma, nomeadamente numa fase tardia da vida, ela corrói por completo a razão, deixando o envolvido desacautelado; fato que também ocorreu com Antônio Bento. O filósofo escocês David Hume há muito já dissera que “A razão é escrava das paixões”. Portanto, não de maneira distinta deste notável enunciado, Bento justificava suas licenciosidades com um subterfúgio pouco aceitável de que as dissolutas eram úteis para consolá-lo; atenuar a sua solidão.

Contudo, com o decorrer dos meses, um enigmático episódio abalara a doce lasciva vida do negro, deixando-o enleado: o espectro de dona Tina espreitava-o quase todas as tardes, com um severo olhar, como quem o advertisse. Essas visões motivaram-no a procurar-me, pois viera me pedir opinião se deveria solicitar um padre para benzer sua casa. Inicialmente julguei que estivesse desenvolvendo um quadro demencial, entretanto o seu discurso era claro, bem estruturado e coerente. Não obstante saber que Antônio era fiel às minhas prescrições, interroguei-o se por ventura ingeria algum medicamento que pudesse ocasionar alucinações visuais; no entanto, categórico, negara. Minha mente treinada ao raciocínio científico não me permitia acreditar nesse desvario, a despeito de existirem, na prática clínica, situações muito embaraçosas. Porém, mesmo imerso em dúvidas, tentei, com argumentos plausíveis, persuadi-lo a evitar essas mulheres, sobretudo por conhecer o seu hábito de não depositar dinheiro em banco. Por fim disse-lhe: exemplos de desfechos crueis não nos faltam... E com um largo sorriso, gabou-se de ter uma loura entre elas...

Apesar da constante presença da *imagem evanescente* de sua esposa, os dias prosseguiram incólumes, dedicados puramente aos prazeres com essas perdidas, para o menosprezo e desaprovação da população. A certa altura, essas corrompidas, após uma sessão de libertinagem, conseguiram arrancar da boca do atoleimado o que nunca poderia ter acontecido: o segredo - o velho guardava uma quantia apreciável de dinheiro em sua morada. O assédio acentuara-se. Uma cavilação nascia; agora não havia ninguém para coibi-la.

Uma noite sem lua se impunha, insinuava cautela, coisa a que a alma de Antônio se desabituara, uma vez que a devassidão infectara os seus pensamentos, da aurora ao ocaso, com esses vícios da carne. A porta do fundo, próxima à cozinha, estava entreaberta; ele jantava. Alguém bateu para entrar. A loura apareceu radiante, como uma joia numa vitrine; falava na sedutora ternura de uma sereia. Antônio Bento, numa alegria incontida, a convidou para entrar e jantar. Ao se dirigir novamente à mesa, ele ficou sobressaltado ao ver Tina em prantos. Nesse instante, desferiram-lhe um golpe fatal na face posterior do seu crânio, que o fez cair morto, pendente sobre uma cadeira. Para grande espanto da loura e do seu comparsa, dona Tina surgiu imensa, translúcida, movendo-se como uma sombra. Chorava com o amado marido nos braços, como na escultura de uma *pietà* e, inesperadamente, o simulacro partiu ao transpor as paredes em direção ao destino intangível. Foi uma cena aterrorizante, que fez com que os facínoras, assombrados, fugissem sem se lembrar do almejado roubo.

Fiquei duplamente transtornado com a desdita. Primeiro, pela forma hedionda como Antônio Bento falecera; ainda que, secretamente, eu vaticinasse o lamentável epílogo. Segundo, pela revelação surreal; essa transgressão da sensatez que sempre relutei em aceitar como verdade.

Hoje, vejo da janela um lindo arco-íris refletido no céu. Embora aceite os falsos ídolos de Francis Bacon, procuro infindáveis respostas...

30.04.11

Os cartões que magnetizam

Com frequência, as facilidades
nos induzem aos obstáculos.

Em meio a nuvens de poeira, Antônio, um pequeno comerciante de cimento e material de construção, não deixou escapar de si o abrupto surto de crescimento de sua cidade, impulsionado pela descoberta de uma imensurável jazida de um raro minério; amealhou capital, o qual lhe proporcionou ingressar no doce mundo do consumo. Suas vidas, a partir de então, se transfiguraram.

A certa altura, na mais exclusiva loja de artigos em couro da capital, Antônio e sua esposa, Andreia, compram, respectivamente, uma carteira e uma bolsa, cujo valor não ajuízo ventilar. Pouco depois, já sentados num elegante café, enquanto averiguavam-nas sob a agradável sensação da conquista, seus olhos brilharam como os de crianças diante das vitrines de brinquedos, uma vez que perceberam que as peças, de modo mágico, multiplicavam, numa diversidade inimaginável, não só cartões de crédito, mas, igualmente, ilusões. Cada cartão trazia consigo uma quantidade ilimitada de possibilidades, as quais passaram a governar os momentos do casal, desde o levante até o poente.

O comerciante e sua consorte, a começar desse achado, deram início a gastos imoderados e a um consumo predador; visitaram, com frequência, sites dedicados aos milionários.

Empreenderam inúmeras viagens aos paraísos das compras, que motivaram a necessidade de alugar um galpão que acomodasse as infindáveis novidades que traziam, as quais passaram a ser catalogadas para que não se perdessem na gigantesca montanha de objetos, de toda ordem, que adquiriam.

Festas tornaram-se rotina no dia a dia do casal, regadas a vinhos, champanhas e uísque, dos quais mal sabiam pronunciar os nomes, cujo fim era apresentar as últimas aquisições. Viviam um *dolce far niente.*

Quando estamos envolvidos, por inteiro, em um empreendimento, não nos damos conta do tempo, que flui numa descuidada rapidez. Em verdade, foi o que ocorreu, em doses incrementais, com Antônio e Andreia, pois, ao constatarem a insídia em que se enredaram, suas dívidas já haviam alçado uma dimensão muito acima do alcance que os mágicos cartões concediam. Não souberam lidar com a magia; sobreveio a insolvência.

Conheceram a fuga dos amigos; as negociações bancárias; o opróbio. Um funcionário de uma instituição financeira, em tom zombeteiro, disse a Antônio:

— O senhor deve intensificar a criatividade e a capacidade de trabalho, para que possa, também, intensificar os ganhos... e...

O bancário silenciou com um sorriso mordaz; inclinou a cabeça levemente para o lado e tamborilou com os dedos de uma mão sobre a mesa.

Depois dessa desmedida desilusão, Antônio, de modo inusitado, dividiu-se, como isômeros, em dois – um que ainda sonhava e outro que sofria; Andreia já não sabia com quem dormia. Contudo, decorrido alguns meses, as partes se reconciliaram, se fundiram; Antônio recobrou a triste realidade de estar em pior situação do que quando iniciara sua vida profissional, embora não tivesse perdido os sonhos.

Em um não longo intervalo, que para eles transcorrera como uma eternidade, o casal foi visto, nas imediações de um acalorado comício, empunhando uma flamejante bandeira vermelha, uma vez que Antônio disputava um cargo municipal. Bramavam palavras de ordem:

— Abaixo esse capitalismo selvagem, falaz.

Entretanto, em meio aos militantes que, por fim, interrompem o trânsito, para um luxuoso conversível; o motorista, inadvertidamente, deixa à vista um reluzente relógio de ouro. Andreia, mais que depressa, magnetizada pela cena, comenta excitada:

— Amor, olha o carro, o relógio... Quem sabe se um dia você chegar a deputado... poderemos, novamente, ter essas coisas chiques...

Antônio, tendo o entusiasmo renovado pelo que vê, pede para sua mulher:

— Andreia, então balança essa bandeira com vontade!

E continuam:

— Abaixo esse capitalismo selvagem, falaz.

24.12.12

O sentenciador

As sentenças, como o vento, são voláteis,
ao sabor do tempo...

Tadeu desponta na esquina com seu andar singular, vacilante: corpo inclinado para frente, como que prestes a cair, e as passadas altas que pisam o ar.

— Já vem aquele purgante, disse um.

— Estou até com dor de barriga; qual será a sentença de hoje? comenta o outro.

De muito, é opinião corrente que Tadeu não passa de um desmancha roda; um preguiçoso e presunçoso, travestido de empreendedor, que nunca erguera um tijolo para deixar como marco; um faroleiro e falastrão cuja língua nem os pais ou a vida domou; um inoportuno que sabe como ninguém exercer esse encargo. Suas fontes de informações sempre foram os telejornais, as capas das revistas e alguns textos curtos na internet, mas o que de fato alicerça seus argumentos são o tom de voz, habitualmente em bom decibel, sua arrogância e prepotência. *Para ele, há sempre um porém em qualquer observação de alguém, ou em alguma casualidade que presencia.* Quando acuado num debate de ideias, sua boca não reluta em proferir impropérios. Engana quem não o conhece; ludibriou muitas coitadas... com sua aparência decente e com o *aparelho palrador*. Enfim, um censurável, tolerado, no bairro e por muitos, por ter vindo, não se sabe como, de pais distintos e irmãos honrados.

Nos últimos tempos, Tadeu transpôs a linha de tolerância; descomedido, não poupa nem os semáforos; a eles mal diz, imputa-lhes que foram adquiridos em segunda mão. Aliás, não posso asseverar se é mito ou verdade: há quem diga que o viu persuadir os pássaros a mudar os seus trinados – olhem só! Não sem motivo, há poucos meses, um grupo de pessoas com quem ele convive de modo mais próximo, resolveu pregar-lhe uma peça e, consequentemente, sentir o alívio, pelo menos por um período, de seus ásperos comentários. Assim, em comum acordo, determinaram que durante um prazo de trinta dias ninguém, salvo uma multa preestabelecida, contestaria suas sentenças e, indo mais além, concordaria com todas as suas afirmações. De maneira que não tardaram para colocar em prática o combinado, pois, na mesma semana, havia um aniversário de um sobrinho do insuportável. Para que tudo transcorresse sem percalço, sua cunhada até assou, apesar de detestar a especiaria, um enorme pernil suíno, segundo os ditames do purgante: com pimenta-do-reino.

A espera pela comemoração do aniversário deu-se num misto de entusiasmo e uma ponta de malícia para com o que haviam deliberado. Aguardaram só o implicante chegar, para que o pernil surgisse na festa. Então, quando todos saboreavam a iguaria, cheios de expectativas favoráveis, Tadeu sentencia:

— Tem pimenta em demasia, além dela, creio, não ter sido moída na hora; mascarou-se o sabor da carne...

Contiveram os ímpetos; engoliram a seco a raiva para que não se quebrasse o trato, embora os olhares lançassem, sem dó, fagulhas mortais.

Uma grande ação coordenada, durante os dias subsequentes, envolveu-os na tentativa de detê-lo, de sufocar seus decretos, todavia, o tiro saiu pela culatra, uma vez que, quanto mais as pessoas eram condescendentes com suas asneiras e bravatas, mais ele destilava reclamações; revidava com alegações que incitavam a discórdia ou a polêmica. No entanto, apesar de tudo, as pessoas perseveravam para que o pacto não sucumbisse; porém, numa tarde de domingo, um fato impensável aconteceu. É bom que se esclareça, que uma das maiores paixões de Tadeu, se não a maior, afora o gosto pela impertinência, é o seu clube de futebol; nem quando o time esteve rebaixado, o purgante deixou de tecer elogios efusivos a ele. Portanto, nessa tarde, por ironia do destino, os dois indivíduos que dialogam no início estavam sentados num bar, assistindo a uma partida de futebol, na qual a equipe que vencia era a do intragável, quando o viram aproximar-se com aquele andar inconfundível. Tadeu chega e mal os cumprimenta; senta-se sem ser convidado; pede, com gestos insistentes, um copo ao garçom e toma da cerveja que estava sobre a mesa. De súbito, para surpresa dos dois, começa a emitir comentários nada elogiosos ao seu time. Um deles, com a face rubra de indignação, quebra o trato e xinga-o:

— Você é um chato!; um cravo no pé!

Tadeu, impassível, responde:

— Ah, se não fossem os chatos para sacudir a vida, acordá-la do marasmo!

Levanta-se sem se despedir; quando sai, tropeça numa depressão do passeio e decreta uma investigação premente no secretário de obras; com um sorriso sarcástico... e um sem-número de sentenças prontas para qualquer eventualidade.

31.05.14

Um crepúsculo

A luz fugidia do crepúsculo tem o poder de abrir o portão da consciência.

Entre uma sucessão de mensagens nos celulares, cujos enredos são uma sucessão quase ininterrupta das mesmas coisas, eles, sob o embalo incessante dos espumantes, trocavam afagos e ocasionalmente sorriam numa monotonia, num monismo de intenções, que se assemelhavam a uma sequência de imagens, como as que se multiplicam nos espelhos. E nessa vida prosaica, os dias transcorriam sem qualquer contenda, sem sobressaltos, ávidos para absorverem cada minuto dessa trama contínua que reeditava os mesmos temas, os mesmos gestos, os mesmos ritos e os mesmos planos. Na verdade, não querem se aborrecer com os obstáculos cotidianos, visto que o que lhes interessa é a primazia de se refestelarem, sugarem os momentos até quando puderem, sem maiores questionamentos. Assim, as mensagens, sempre intermináveis, nunca são inoportunas; cumprem o papel de desviar a atenção dos eventuais problemas que possam azedar uma ocasião. E foi durante uma semana de janeiro que esses fatos sucederam.

Logo após o baile de formatura da turma de medicina, alguns formandos resolveram esticar as comemorações e alugaram uma casa em Búzios, na praia de Geribá; afinal, era verão. Entre eles está o debutante doutor Paulo Passos. Paulo, desde muito cedo, era comportado, de forma que, com o ganhar dos anos, passa a trilhar a sensatez, com escolhas e opiniões pouco usuais aos olhos do tecido social com o qual sempre conviveu. Como seus amigos não conseguiam realizar a correta leitura dessas predileções, Paulo passou a ser o amigo excêntrico, o companheiro que, apesar de cumprir a rotina dos encontros, era também aquele das colocações que provocavam debates calorosos ou o das reprimendas indesejadas. Passos tinha uma necessidade, uma urgência de tudo aprender que ia muito além das disciplinas de sua profissão, o que motivava certa incompreensão e, ocasionalmente, ironia. De mais a mais, por apresentar esse jeito distinto de pensar e proceder, desfrutava de certa ascendência sobre as mulheres, não raro, suscitando uma ponta de ciúme entre os colegas, que costumava degenerar em uma implicância gratuita. Entretanto, nos últimos tempos, Paulo saía menos com os companheiros da faculdade, uma vez que já adquirira alguma clareza ante as convicções que elegera; achava essas circunstâncias enfadonhas. Contudo, como acabara de terminar um relacionamento de alguns anos, quis desanuviar, colocar uma venda nessas lembranças.

A luz estival clareava os sentimentos cinzentos que Paulo experimentava. Afora o fim do namoro, ele receava decepcionar a si mesmo no exame de residência e nas atitudes como profissional que, de agora em diante, assumiria; sonhava ser um clínico na concepção da palavra, virtuoso. Para tanto, a viagem fora oportuna ao serenar as hesitações que o inquietavam, visto que as cenas vivenciadas sedimentaram o caminho que estava determinado a seguir. Conclui que não queria comburir o tempo com mesmices, com atitudes burlescas e comezinhas. De fato, era diferente e queria proceder assim, sem nenhum embaraço.

E imersos na brisa que chegava do mar, essa dádiva suave e fresca que acariciava os corpos, deixando-os ainda mais inertes e despidos das máscaras que, normalmente os envolviam, Paulo faz emergir suas conjecturas. Sim, seus amigos não veneravam o passado; gastavam as economias de anos de privações de alguns pais como se fossem ricos; desprezavam o suor dos pais com desejos frívolos, esses pais que tanto trabalharam para ver seus filhos doutores; essas mães que labutaram, e hoje suas filhas não lavam, sequer, o próprio copo que bebem. Sim, essas observações causavam-lhe mal-estar; franziam seu cenho. Esses seres que, sem nenhum censo crítico, empertigavam-se, que almejavam e planejavam quase um universo, não reservavam um mísero momento para intuírem que médicos seriam; ah, o futuro seria glamoroso... Menos para a velha faxineira que, de modo incansável, limpava a bagunça que se acumulava sem o menor constrangimento; sem entender o que se passava, pois tinha em mente que médicos eram pessoas comedidas e agraciadas.

Lá fora, o sol reinava; o som das ondas e do burburinho de gente se funde ao som da casa, mergulhada numa cadência de indolência de um vigor inelutável. A música que tocava desagrada os ouvidos de Paulo, que se dirige ao carro, recosta a poltrona e ouve Jobim, David Brubeck, quando irrompe o primeiro movimento, O Mar e o navio de Simbad, da peça Mil e Uma Noites de Rimsky-Korsakov. Ele amava essa melodia, mas ela, em um dualismo, transportava-o para um mundo sinistro, misterioso; um labirinto kafkiano. Como sempre, entrega-se a esse devaneio, que dura pouco, pois foi abordado por uma das colegas, que colecionava namorados:

— Paulo, beba este espumante; vejo que você está muito aborrecido. Sabe, a melhor maneira de esquecer esse relacionamento – aproxima, enlaça-o pelo pescoço de modo sedutor – é indo para cama comigo...

Ela havia dormido com um da turma na noite anterior, no entanto, Paulo rende-se ao convite. Esse incidente desagrada-o; a superficialidade desses prazeres, naquele então, incomodava-o: essa ciranda de encontros, desencontros nos quais os lábios e os corpos trocam de parceiros no mesmo ritmo das festas que engendravam. Não que Passos fosse um puritano, mas faltava sutileza, aquela elegância que, neste meio, não mais havia. Tudo era muito fácil, muito carnal, sem preâmbulos ou pormenores, sem o prazer da conquista, sem o cortejo da sedução.

Paulo, o rapaz alto e esbelto foi caminhar na praia quase deserta no crepúsculo. Com passos decididos, na serena embriaguez da certeza quanto ao rumo que tomaria, ansiava dar um sentido mais nobre a sua existência; descolar-se desse ambiente embebido no hedonismo e falto de compromissos. A juventude não o impediu de compreender a transitoriedade da vida, a qual sua formação escancarou; não pretendia nutrir-se de parvoíces; não desejava o seu aniquilamento. A luz fugidia do crepúsculo impele-o a caminhar sem temor.

06.03.16

A interferência

O universo é um palco de interferência;
em cada ocorrência não faltam evidências.

Um novo médico chega à cidade colonial após alguns anos de acurado estudo da cardiologia e da medicina interna num eminente hospital de uma célebre cidade americana.

Instalara sua clínica numa elegante vivenda, com direito a quintal, pois apreciava cultivar ervas medicinais, aromáticas e frutas. Nesse ambiente múltiplo, no qual não omitiu as mais modernas tecnologias de sua época, havia espaço para uma confortável biblioteca, visto que cultuava não só a ciência, mas igualmente as clássicas páginas de Victor Hugo, Stevenson, Poe, Machado de Assis, Lugones, Kafka, Dostoievski, Baudelaire e outros tantos pares. Chamava-se Paulo Portugal.

Decorrido poucos anos, sua fama alastrara-se como uma epidemia, uma vez que sua maestria para com o diagnóstico e seu carisma no trato com as pessoas eram ímpares. Casara; vieram os filhos. Apesar de sua notável dedicação para com o trabalho e o estudo, essa qualidade não o impossibilitara de levar uma vida de sociabilidade, já que sabia com habilidade coadunar o seu tempo. *No entanto, como os homens que não se empenham apresentam uma idiossincrasia para lidar com o sucesso alheio,* na mesma proporção em que era um exemplo a ser seguido, a invídia o perseguia. Todavia, prosseguia, inabalável, com a sua missão.

A certa altura, que compreendeu aproximadamente uma década, os fatos começaram a se modificar em doses incrementais. Na medida em que sua sociabilidade esmaecia, uma misantropia crescia; praticamente, vivia no consultório. Não mais comparecia nos compromissos em que era convidado; dos inúmeros amigos, afastara-se. Dia e noite, numa labuta imperturbável, dedicava-se aos seus pacientes; *como num santuário, uma romaria aportava em sua clínica de modo ininterrupto.* Não tardou para se refugiar definitivamente num solipsismo social; os conflitos familiares vieram à tona; não havia mais momentos para a mulher e os filhos. Várias pessoas, que a ele eram afeiçoadas, procuraram-no na tentativa de dissuadi-lo daquela obstinação; porém, sempre respondia com evasivas, a exemplo da surrada alegação de que a medicina é um sacerdócio.

Ocorre que, transcorrido alguns anos, numa noite em que não conseguia conciliar o sono, confidenciou à sua prematuramente envelhecida e afligida esposa, embora com relutância, em virtude do seu racionalismo, que havia algo ininteligível, uma intromissão quase sobrenatural, que o atava àquela rotina; que beirava o hipnotismo, levando-o a cerrar os olhos e o coração para com tudo; a só encontrar prazer no seu ofício. Também, contou que, em determinadas ocasiões, essa interferência era auspiciosa, que o ajudava nos difíceis diagnósticos; contudo, havia situações em que o deixava enleado. Relatou que realizara um sem-número de procedimentos num estado de pleno distanciamento da realidade, sem consciência do que efetuava. Por fim, reconheceu que penalizara, de modo irremediável, ela e os filhos. A despeito dessa confissão, seus hábitos continuaram incólumes.

Algo de inusitado, melhor dizer, uma transgressão da normalidade paralelamente acontecia, o que contribuía, de modo adicional, para os clientes o procurarem; movidos agora não apenas pela perícia do Dr. Paulo, mas, igualmente, pela curiosidade. Enquanto todos inevitavelmente envelheciam, sua aparência, de maneira inexplicável, permanecia jovem, mesmo com a sobre-humana carga de trabalho. Ele, sem dar crédito para o fato, atribuía sua suposta juventude à falta de exposição à luz solar, à sobriedade ao se alimentar, visto que o labor consumia todo o seu dia. No entanto, era evidente, mesmo para os mais incautos, a sua mocidade.

Numa noite fria que sucedera uma jornada replena de consultas, foi solicitado novamente a comparecer em sua clínica a fim de atender uma geronte que sofria de dispneia. Porém, quando ia deixar o local, notou que a luz da biblioteca estava acesa. Para lá se dirigiu com o propósito de apagá-la. Ao entrar no recinto, deu de cara com um homem de pele citrina vestido à moda do século XVIII, sentado confortavelmente em sua poltrona. Pasmado, por instantes, ficou imóvel; teve uma vertigem de pavor, conquanto percebeu que, de certo modo, ele lhe era familiar, o que atenuava o assombro, apesar de que não pertencia ao mundo real. O intruso, com a voz de um timbre enigmático embora inteligível, sem tergiversar e sem dar oportunidade ao médico de se manifestar, resoluto disse:

— Sabe, neste lugar, há mais de duzentos anos, exerci com decoro o mister de médico-cirurgião. Eu era tão devotado a este sítio, que não suportei minha súbita partida por uma apoplexia. Por isso, ao querer perpetuar aquele saudoso tempo, acabei, por assim fazer, perpetuando e interferindo em demasia em sua vida. Deveras, intercedi de maneira desairosa não só no seu dever, mas até em sua aparência. Perdoe-me, tenho pairado com más companhias; vejo que cometi um imperdoável equívoco; de hoje em diante dar-lhe-ei paz. Todavia, quero rogar-lhe um desejo: não deixe este consultório fenecer; este ponto específico e ínfimo do universo é mágico; converge energias cósmicas que ainda não é capaz de compreender nessa fase de sua existência; elas concorrem para o bem-estar das pessoas. Perpetue-o.

O espectro desapareceu, subitamente, sem declarar o seu nome; Dr. Paulo Portugal nunca revelou esse episódio a ninguém. Voltou para casa como se tivesse retirado um fardo de si.

Nos meses subsequentes, seu semblante modificou-se consideravelmente: tornara cãs sua vasta cabeleira; rugas sulcaram-lhe o cenho. Todos afirmaram que os anos de incansável encargo imprimiram, finalmente, suas marcas. Não perdera o dom da cura; feliz, conseguiu conciliar a vida, com harmonia.

Outra façanha empreendeu: praticou a medicina até os cem anos com uma lucidez inenarrável. Partiu desse mundo sem penar, quando dormia. Atualmente, sem noção de sua tácita incumbência, sua filha o substitui. Pouco antes de falecer, ele lhe pediu que, diariamente, antes do expediente, fizesse uma prece para afugentar intromissões inoportunas...

12.03.12

FSC
www.fsc.org
MISTO
Papel proveniente de
fontes responsáveis
FSC® C092828

PRINTED WITH
SOY INK®